TRANZLATY

A língua é para todos

El idioma es para todos

A Metamorfose

La Metamorfosis

Franz Kafka

Português / Español

Primeira Parte
Primera parte
**Quando Gregor Samsa acordou uma manhã de sonhos
conturbados, viu-se transformado na sua cama num
monstruoso verme**
Cuando Gregorio Samsa se despertó una mañana de un sueño
intranquilo, se encontró en su cama convertido en una
monstruosa alimaña.
Deitou-se sobre as costas duras como uma armadura
Yacía sobre su espalda dura, como una armadura.
**e viu, se levantasse um pouco a cabeça, a sua barriga
abobadada e castanha dividida por enrijecimentos
arqueados**
y vio, si levantaba un poco la cabeza, su vientre abovedado y
marrón dividido por refuerzos arqueados
**porque a barriga, à altura da qual o cobertor, pronto a
deslizar completamente, mal conseguia segurar**
porque el vientre, a cuya altura la manta, a punto de deslizarse
por completo, apenas podía sostenerse
**Suas muitas pernas, lamentavelmente finas em comparação
com seu tamanho habitual, cintilavam impotentes diante de
seus olhos**
Sus numerosas piernas, lamentablemente delgadas en
comparación con su tamaño habitual, parpadeaban
impotentes ante sus ojos.
»O que me aconteceu?« pensou
«¿Qué me ha pasado?», pensó.
Mas não era um sonho
Pero no fue un sueño
**Seu quarto, um verdadeiro quarto humano, um pouco
pequeno demais, ficava tranquilamente entre as quatro
paredes bem conhecidas**
Su habitación, una auténtica habitación humana, aunque un
poco pequeña, se encontraba tranquilamente entre las cuatro
paredes conocidas.
**Acima da mesa, na qual se espalhava uma coleção
desmontada de amostras de pano, estava pendurada a**

imagem

Sobre la mesa, sobre la que se extendía una colección desmontada de muestras de tela, colgaba el cuadro

Samsa era um viajante e, portanto, tinha a coleção de amostras de produtos de pano

Samsa era un viajero y por lo tanto tenía la colección de muestra de productos textiles.

a imagem que ele havia recortado recentemente de uma revista ilustrada

La imagen que había recortado recientemente de una revista ilustrada.

e ele tinha colocado a imagem em uma moldura bonita e dourada

y había colocado el cuadro en un bonito marco dorado.

A imagem retratava uma senhora

La imagen mostraba a una dama.

uma senhora sentada na vertical usando um chapéu de pele e uma jiboia de pele

Una dama sentada erguida con un sombrero de piel y una boa de piel.

uma senhora com um pesado abafador de peles, em que todo o antebraço tinha desaparecido, ergueu-se em direção ao espectador

Una dama con un pesado manguito de piel, en el que había desaparecido todo su antebrazo, se levantó hacia el espectador.

Gregor então olhou para a janela, e o tempo monótono

Gregor miró entonces hacia la ventana y el tiempo gris...

você podia ouvir gotas de chuva batendo na janela

Se podía oír las gotas de lluvia golpeando la ventana.

o tempo deixava-o muito melancólico

El clima lo puso muy melancólico.

Que tal se eu dormir um pouco mais e esquecer toda essa bobagem, pensou ele

¿Qué tal si duermo un poco más y me olvido de todas estas tonterías?, pensó.

mas isso era completamente inviável

Pero eso era completamente inviable.

porque estava habituado a dormir do lado direito

porque estaba acostumbrado a dormir sobre su lado derecho

mas, no seu estado atual, não podia colocar-se nesta posição

Pero en su estado actual no podía llegar a esa posición.

Por mais que ele se jogasse para o lado direito, ele sempre balançava de volta para a posição supina

No importaba con cuánta fuerza se lanzara hacia su lado derecho, siempre se balanceaba hacia atrás hasta la posición supina.

Ele provavelmente tentou cem vezes

Probablemente lo intentó cientos de veces.

Fechou os olhos para não ver as pernas agitadas

Cerró los ojos para no ver las piernas inquietas.

e só parou quando começou a sentir uma leve e maçante dor no lado que nunca tinha sentido antes

y sólo se detuvo cuando empezó a sentir un dolor leve y sordo en el costado que nunca había sentido antes.

Oh Deus, pensou, "que profissão extenuante escolhi!"

Oh Dios, pensó, "¡qué profesión tan agotadora he elegido!"

Dia sim, dia não, viagem

Día tras día en el viaje

A empolgação do negócio é muito maior do que no negócio real em casa

El entusiasmo empresarial es mucho mayor que en el negocio real en casa.

e, além disso, tenho esta praga de viajar

Y además tengo esta plaga de viajar.

as preocupações com as ligações ferroviárias e a comida irregular e má

Las preocupaciones por las conexiones ferroviarias y la comida irregular y mala.

uma interação humana em constante mudança, nunca permanente e nunca calorosa

Una interacción humana siempre cambiante, nunca permanente, nunca cálida.

"Que o Diabo tenha tudo!"

“¡Que el diablo se quede con todo!”
Sentiu uma ligeira comichão no topo do estômago
Sintió un ligero picor en la parte superior del estómago.
Ele lentamente se moveu de costas para mais perto do poste
Se movió lentamente sobre su espalda más cerca del poste de
la cama.
para poder levantar melhor a cabeça
para poder levantar mejor la cabeza
**Ele encontrou o ponto com coceira, que estava coberto com
pequenos pontos brancos**
Encontró el punto que le picaba y que estaba cubierto de
pequeños puntos blancos.
pequenos pontos brancos que ele não podia julgar
Pequeños puntos blancos que no podía juzgar.
e ele queria tocar o local com uma perna
y quiso tocar el lugar con una pierna
mas ele imediatamente puxou a perna para trás
pero inmediatamente retiró la pierna
porque quando tocou no desporto, sentiu um arrepio
porque cuando tocó el deporte sintió un escalofrío
Ele voltou à sua posição anterior
Volvió a su posición anterior.
"Acordar tão cedo", pensou, "torna-nos bastante estúpidos."
«Despertarse tan temprano», pensó, «te vuelve bastante
estúpido».
"O homem deve ter o seu sono"
“El hombre debe dormir”
»Outros viajantes vivem como mulheres de harém«
»Otras viajeras viven como mujeres de harén«
»De manhã transfiro as encomendas que recebi«
»Por la mañana transfiero los pedidos que he recibido«
**»Neste momento estes senhores estão apenas a tomar o
pequeno-almoço«**
»En este momento estos señores están desayunando«
»Eu deveria tentar isso com meu chefe«
«Debería intentarlo con mi jefe».
»Eu seria expulso imediatamente«

«Me echarían inmediatamente»

»mas quem sabe se isso não seria muito bom para mim.«

»Pero quién sabe si eso no sería muy bueno para mí.«

Se eu não tivesse sido retido por causa dos meus pais, eu teria desistido há muito tempo

Si mis padres no me hubieran frenado, habría dejado el estudio hace mucho tiempo.

Eu teria enfrentado o chefe e dito a ele minha opinião do fundo do meu coração

Me habría enfrentado al jefe y le habría dicho mi opinión desde el fondo de mi corazón.

»Ele deveria ter caído da mesa!«

«¡Debería haberse caído del escritorio!»

»É também uma maneira estranha de se sentar na mesa«

»También es una forma extraña de sentarse en el escritorio«

»e é também uma forma estranha de falar com o funcionário«

»Y también es una forma extraña de hablarle con condescendencia al empleado«

»Por causa da perda auditiva do chefe, você tem que chegar muito perto«

»Debido a la pérdida auditiva del jefe, tienes que acercarte mucho«

»Bem, a esperança ainda não está completamente perdida«

»Bueno, la esperanza aún no está completamente perdida«

»Assim que tiver dinheiro para pagar a dívida dos meus pais com ele, com certeza o farei«

»Una vez que tenga el dinero para pagar la deuda que tienen mis padres con él, definitivamente lo haré«

»Provavelmente levará mais cinco a seis anos«

Probablemente tomará otros cinco o seis años.

»Então será feita a grande separação«

»Entonces se hará la gran separación«

»Por enquanto, porém, tenho de me levantar«

»Pero por el momento debo levantarme«

»porque o meu comboio sai às cinco«

»Porque mi tren sale a las cinco«

E olhou para o despertador que marcava a caixa

Y miró el despertador que hacía tictac en la caja.

»Pai Celestial!« pensou

«¡Padre Celestial!», pensó.

Passava das seis e as mãos avançavam tranquilamente

Eran las seis y media y las manecillas avanzaban silenciosamente.

mesmo as seis e meia já tinham ido e vindo

Incluso las seis y media ya habían llegado y se habían ido

já se aproximava de um quarto para Sete

Ya se acercaba las siete menos cuarto

Talvez o alarme não tenha tocado?

¿Tal vez la alarma no sonó?

Era possível ver da cama que o despertador estava corretamente ajustado para as quatro horas

Desde la cama se podía ver que el despertador estaba programado exactamente para las cuatro.

certamente o despertador tinha tocado

Seguramente había sonado el despertador

Sim, mas foi possível dormir com aquele zumbido de sacudir os móveis?

Sí, pero ¿era posible dormir con ese sonido que hacía temblar los muebles?

Bem, ele não tinha dormido pacificamente, mas provavelmente ainda mais profundo

Bueno, no había dormido tranquilo, pero probablemente lo más profundo

Mas o que ele deve fazer agora?

¿Pero qué debería hacer ahora?

O comboio seguinte só partiu às sete horas

El siguiente tren no salía hasta las siete.

para recuperar o atraso em relação ao comboio, teria de se apressar sem sentido

Para alcanzar el tren, habría tenido que apresurarse sin sentido.

e a recolha de amostras de produtos de pano ainda não estava embalada

y la colección de muestras de tela aún no estaba empaquetada
e ele próprio não se sentia particularmente fresco e ágil
y él mismo no se sentía particularmente fresco y ágil
E mesmo que ele alcançasse o trem, uma bronca do chefe era inevitável
Y aunque alcanzara el tren, un regaño del jefe era inevitable.
porque o funcionário estava à espera do comboio das cinco horas e há muito que tinha comunicado a sua ausência
porque el empleado estaba esperando el tren de las cinco y hacía tiempo que había informado de su ausencia
Era uma criatura do chefe, sem espinha dorsal e bom senso
Era una criatura del jefe, sin columna vertebral ni sentido.
E se ele chamasse doentes?
¿Qué pasa si llama diciendo que está enfermo?
Mas isso seria extremamente embaraçoso e suspeito
Pero eso sería extremadamente embarazoso y sospechoso.
porque Gregor não tinha estado doente uma única vez durante os seus cinco anos de serviço
Porque Gregor no había estado enfermo ni una sola vez durante sus cinco años de servicio.
Certamente o patrão viria com o médico do seguro de saúde
Seguramente el jefe vendría con el médico del seguro médico.
Ele culparia os pais pelo filho preguiçoso
Él culparía a los padres por su hijo perezoso.
e ele cortaria todas as objeções referindo-se ao médico do seguro de saúde
y cortaría todas las objeciones remitiéndose al médico del seguro médico.
Para ele, só há pessoas completamente saudáveis, mas tímidas no trabalho
Para él sólo hay personas completamente sanas, pero que no se preocupan por el trabajo.
E, com toda a justiça, estaria ele completamente errado neste caso?
Y, para ser justos, ¿estaría completamente equivocado en este caso?
Gregor realmente se sentiu muito bem

Gregor en realidad se sintió bastante bien.
além de uma sonolência realmente desnecessária após o longo sono
Aparte de una somnolencia realmente innecesaria después del largo sueño.
e até tinha uma fome particularmente forte
Y hasta tenía un hambre particularmente fuerte.
Enquanto pensava em tudo isto com muita pressa, o despertador tocou um quarto a sete
Mientras pensaba en todo esto con gran prisa, el despertador dio las siete menos cuarto.
e houve uma suave batida na porta na cabeceira de sua cama
Y hubo un suave golpe en la puerta en la cabecera de su cama.
"Gregor", alguém chamou – era a mãe – "é um quarto a sete".
—Gregor —gritó alguien, era la madre—, son las siete menos cuarto.
»Não queres sair?« perguntou a voz suave
-¿No querías irte? -preguntó la suave voz.
Gregor ficou assustado quando ouviu sua voz respondendo
Gregor se asustó cuando oyó su voz de respuesta.
a voz era inequivocamente sua
La voz era inequívocamente la suya anterior.
mas na voz, como se viesse de baixo, um guincho doloroso se misturara
Pero en la voz, como si viniera desde abajo, se había mezclado un doloroso chillido.
Só no início é que a voz pareceu formar palavras com alguma clareza
Sólo al principio la voz parecía formar palabras con cierta claridad.
mas no eco mental a voz quebrou de tal forma que não se sabia se tinha ouvido corretamente
Pero en el eco mental la voz se quebró de tal manera que uno no sabía si había escuchado correctamente.
Gregor queria responder em detalhes e explicar tudo
Gregor quería responder con detalle y explicar todo.
mas, nestas circunstâncias, limitou-se a dizer:

Pero en estas circunstancias se limitó a decir:

»Sim, sim, obrigado, mãe, já estou de pé«

-Sí, sí, gracias, mamá, ya me levanté.

Por causa da porta de madeira, a mudança na voz de Gregor provavelmente não era percetível do lado de fora

Debido a la puerta de madera, el cambio en la voz de Gregor probablemente no se notó desde afuera.

porque a mãe se acalmou com essa explicação e se afastou

porque la madre se calmó con esta explicación y sorbió.

Mas a pequena conversa chamou a atenção dos outros membros da família

Pero la pequeña conversación había llamado la atención de los demás miembros de la familia.

Gregor ainda estava em casa e não foi trabalhar

Gregor todavía estaba en casa y no fue a trabajar.

e o pai bateu à porta lateral, fraco, mas com o punho

y el padre golpeó la puerta lateral, débilmente, pero con el puño.

Gregor, Gregor, ele gritou, "o que é isso?"

Gregor, Gregor, gritó, "¿qué pasa?"

E depois de algum tempo avisou novamente com uma voz mais profunda: "Gregor! Gregor!"

Y al cabo de un rato volvió a advertir con voz más grave: «¡Gregor! ¡Gregor!».

Mas, na porta do outro lado, a irmã perguntou baixinho:

Pero en la otra puerta lateral la hermana preguntó en voz baja:

Gregor? Não está bem? Precisa de alguma coisa?

Gregor, ¿no te encuentras bien? ¿Necesitas algo?

Gregor respondeu a ambos os lados: »Já terminei«

Gregor respondió a ambas partes: «Ya he terminado».

e esforçou-se por remover tudo o que se destacava pela pronúncia mais cuidadosa

y se esforzó por eliminar todo lo que llamaba la atención con la pronunciación más cuidadosa

O pai também voltou ao café da manhã

El padre también volvió a su desayuno.

Mas a irmã sussurrou: "Gregor, abre-te, eu te imploro"

Pero la hermana susurró: "Gregor, ábreme, te lo ruego".

Mas Gregor não tinha intenção de abrir

Pero Gregor no tenía intención de abrir.

em vez disso, elogiou-se pela cautela que adquiriu durante a viagem

En cambio, se elogió a sí mismo por la cautela que había adquirido mientras viajaba.

Ele aprendeu a trancar todas as portas em casa também, durante a noite

También ha aprendido a cerrar con llave todas las puertas de casa durante la noche.

Primeiro ele queria levantar-se e vestir-se tranquilamente e sem ser perturbado

Primero quería levantarse y vestirse tranquilamente y sin ser molestado.

e então ele queria tomar café da manhã

y luego quiso desayunar

e só então quis analisar melhor a situação

Y sólo entonces quiso considerar la situación más a fondo.

porque sabia que na cama não chegaria a nenhuma conclusão sensata pensando nisso

Porque sabía que en la cama no llegaría a ninguna conclusión sensata pensando en ello.

sentira muitas vezes uma ligeira dor causada por uma mentira talvez desajeitada

A menudo había sentido un ligero dolor causado quizás por estar acostado de forma incómoda.

Dor que acabou por ser pura imaginação ao levantar-se

Dolor que resultó ser pura imaginación al levantarse.

e ele estava curioso para ver como suas ideias atuais se dissolveriam gradualmente

y tenía curiosidad por ver cómo sus ídeas actuales se disolverían gradualmente

Talvez a mudança de voz não tenha sido mais do que o prenúncio de uma forte constipação

Quizás el cambio de voz no era más que el presagio de un resfriado severo.

Ele não tinha dúvidas sobre isso

No tenía ninguna duda al respecto.

era apenas uma doença ocupacional dos viajantes

Era simplemente una enfermedad profesional de los viajeros.

Jogar fora o cobertor foi fácil

Quitarse la manta fue fácil

ele só teve que se inflar um pouco e o cobertor caiu sozinho

Sólo tuvo que inflarse un poco y la manta cayó sola.

Mas continuou a ser difícil, especialmente porque ele era incrivelmente largo

Pero seguía siendo difícil, sobre todo porque era increíblemente ancho.

Ele precisaria de braços e mãos para se levantar

Habría necesitado brazos y manos para ponerse de pie.

mas, em vez de braços e mãos, ele só tinha muitas perninhas

Pero en lugar de brazos y manos sólo tenía muchas piernas pequeñas.

Pernas que estavam constantemente em vários movimentos

Piernas que estaban constantemente en diversos movimientos.

Pernas que ele não conseguia controlar

Piernas que no podía controlar

Se quisesse dobrar uma das pernas, era a primeira que se esticava

Si quería doblar una de sus piernas, era la primera que se estiraba.

Quando ele finalmente conseguiu fazer o que queria com essa perna, as outras pernas começaram a se contorcer

Cuando finalmente logró hacer lo que quería con esta pierna, las otras piernas comenzaron a temblar.

Enquanto isso, todas as outras pernas se moviam como se tivessem sido liberadas, em extrema e dolorosa excitação.

Mientras tanto, todas las demás piernas se movían como si las hubieran liberado, en una excitación extrema y dolorosa.

"Só não fique na cama sem motivo", disse Gregor para si mesmo.

«No te quedes en la cama sin ningún motivo», se dijo Gregor.

Primeiro ele queria sair da cama com a parte inferior do

corpo

Primero quiso levantarse de la cama con la parte inferior del cuerpo.

mas esta parte inferior, que ele ainda não tinha visto, revelou-se muito difícil de mover

Pero esta parte inferior, que aún no había visto, resultó demasiado difícil de mover.

Finalmente, quase selvagem, com todas as suas forças, empurrou-se para a frente sem hesitar

Finalmente, casi salvaje, con todas sus fuerzas, se impulsó hacia adelante sin dudarlo.

mas ele tinha escolhido a direção errada para avançar

Pero había elegido la dirección equivocada para seguir adelante.

e bateu violentamente no poste inferior

y golpeó violentamente el poste inferior de la cama

A dor ardente que sentia ensinou-lhe uma lição

El dolor ardiente que sintió le enseñó una lección.

A parte inferior do seu corpo era talvez a mais sensível

La parte inferior de su cuerpo era quizás la más sensible.

Por isso, tentou tirar a parte superior do corpo da cama primeiro

Por lo tanto, intentó sacar primero la parte superior del cuerpo de la cama.

e ele cuidadosamente virou a cabeça para a borda da cama

y giró con cuidado la cabeza hacia el borde de la cama.

Esse movimento cauteloso também foi fácil para ele

Este movimiento cauteloso también le resultó fácil.

e apesar de sua largura e peso, a massa corporal seguiu lentamente a virada da cabeça

Y a pesar de su anchura y peso, la masa corporal siguió lentamente el giro de la cabeza.

Mas quando finalmente segurou a cabeça para fora da cama ao ar livre, ficou com medo

Pero cuando finalmente sacó la cabeza de la cama al aire libre, sintió miedo.

avançar mais desta forma pode ser perigoso

Avanzar más de esta manera podría ser peligroso.

porque se ele se deixasse cair assim, um milagre teria que acontecer para que sua cabeça não fosse ferida

Porque si se dejaba caer así, tendría que ocurrir un milagro para que no se lastimara la cabeza.

E não podia perder a compostura a qualquer custo, especialmente agora

Y no podía perder la compostura a ningún precio, especialmente ahora.

Decidiu que preferia ficar na cama

Decidió que prefería quedarse en la cama.

Mas depois, depois do mesmo esforço, deitou-se de novo, suspirando, como antes

Pero luego, después del mismo esfuerzo, volvió a quedarse allí, suspirando, como antes.

e novamente suas perninhas provavelmente lutariam ainda mais umas contra as outras

y de nuevo sus pequeñas piernas probablemente pelearían entre sí aún más

Ele não viu maneira de trazer a paz e a ordem para fora deste caos

No vio ninguna manera de traer paz y orden a partir de este caos.

Voltou a dizer a si mesmo que não podia ficar na cama

Se dijo a sí mismo otra vez que no podía quedarse en la cama.

e pensava que o mais sensato era sacrificar tudo

y pensó que lo más sensato era sacrificarlo todo

valeria a pena se houvesse a menor esperança de sair da cama

Valdría la pena si hubiera la más mínima esperanza de salir de la cama.

Ao mesmo tempo, porém, não se esqueceu de se lembrar de alguma coisa

Al mismo tiempo, sin embargo, no se olvidó de recordar algo.

Muito melhor do que decisões desesperadas são reflexões calmas

Mucho mejores que las decisiones desesperadas son las

reflexiones tranquilas

Nesses momentos, ele focou os olhos o mais nitidamente possível na janela

En esos momentos, fijaba la mirada lo más nítidamente posible en la ventana.

mas infelizmente a visão da névoa matinal trouxe pouca confiança e ânimo

Pero, por desgracia, la visión de la niebla matinal trajo poca confianza y alegría.

A névoa matinal cobriu mesmo o outro lado da rua estreita

La niebla de la mañana incluso cubría el otro lado de la estrecha calle.

Já são sete horas, disse a si mesmo quando o despertador tocou novamente

Ya son las siete, se dijo mientras sonaba de nuevo el despertador.

»Já são sete horas e ainda há nevoeiro«

»Ya son las siete y todavía hay niebla«

E por um tempo ele ficou quieto com respiração fraca

Y por un rato permaneció en silencio con la respiración débil.

como se talvez esperasse o regresso das condições reais e evidentes do silêncio total

Como si tal vez esperara el regreso de condiciones reales y evidentes a partir del completo silencio.

Mas então ele disse a si mesmo: "Antes que o relógio bata quarto de parte sete, eu absolutamente devo estar completamente fora da cama."

Pero luego se dijo: "Antes de que el reloj marque las siete menos cuarto, tengo que levantarme completamente de la cama".

»Até lá, alguém do escritório virá pedir-me.«

»Para entonces vendrá alguien de la oficina a preguntar por mí.«

»porque o escritório abre antes das sete horas«

»Porque la oficina abre antes de las siete«

E ele agora começou a balançar seu corpo para fora da cama em toda a sua extensão, completamente uniforme

Y ahora comenzó a balancear su cuerpo fuera de la cama en toda su longitud, de manera completamente uniforme.

Se ele caísse da cama dessa forma, sua cabeça provavelmente permaneceria ilesa

Si se cayera de la cama de esta manera, su cabeza probablemente permanecería ilesa.

porque ele queria levantar a cabeça bruscamente quando caísse

porque quería levantar bruscamente la cabeza cuando se cayó

As costas pareciam duras

La espalda parecía dura

nada aconteceria às costas se ele caísse no tapete

No le pasaría nada a la espalda si cayera sobre la alfombra.

Sua maior preocupação era o barulho alto

Su mayor preocupación era el ruido fuerte.

O acidente que ocorreria provavelmente assustaria a todos atrás das portas

El choque que ocurriría probablemente asustaría a todos detrás de las puertas.

e, se não fosse terror, ainda causaria preocupação

Y si no fuera terror, aún así causaría preocupación.

Mas era preciso correr o risco de chamar a atenção

Pero había que correr el riesgo de llamar la atención.

O novo método era mais um jogo do que um esforço

El nuevo método era más un juego que un esfuerzo.

ele só tinha que balançar bruscamente

Sólo tenía que balancearse bruscamente

Quando Gregor já estava a meio caminho da cama, algo lhe ocorreu

Cuando Gregor ya estaba a medio levantarse de la cama, se le ocurrió algo.

como tudo seria fácil se alguém viesse em seu auxílio

Qué fácil sería todo si alguien viniera en su ayuda

Duas pessoas fortes – pensou no pai e na empregada – teriam sido completamente suficientes

Dos personas fuertes –pensó en su padre y en la criada– habrían sido completamente suficientes.

**eles só teriam que deslizar os braços sob suas costas
arqueadas e tirá-lo da cama**
Sólo habrían tenido que deslizar sus brazos bajo su espalda
arqueada y sacarlo de la cama.
eles só teriam que se curvar com o fardo
Sólo habrían tenido que agacharse con la carga
espero que então as pernas tenham um propósito
Ojalá entonces las piernas tuvieran un propósito.
**Bem, para além do facto de as portas estarem trancadas,
deveria ele realmente ter pedido ajuda?**
Bueno, aparte del hecho de que las puertas estaban cerradas,
¿realmente debería haber pedido ayuda?
**Apesar de todas as dificuldades, ele não conseguia suprimir
um sorriso diante desse pensamento**
A pesar de todas sus dificultades, no pudo evitar una sonrisa
ante este pensamiento.
**Ele já estava no ponto em que mal conseguia manter o
equilíbrio quando o balanço era muito forte**
Ya estaba en el punto en el que apenas podía mantener el
equilibrio cuando el golpe era demasiado fuerte.
e muito em breve teve de tomar uma decisão final
y muy pronto tuvo que tomar una decisión final
porque em cinco minutos seria um quarto passado sete
Porque en cinco minutos serían las siete y cuarto.
e então a campainha tocou
Y entonces sonó el timbre
**É alguém do escritório, ele disse para si mesmo e quase
congelou**
Es alguien de la oficina, se dijo y casi se quedó congelado.
agora suas pernas dançavam ainda mais apressadamente
Ahora sus piernas bailaban aún más apresuradamente.
por um momento tudo permaneceu quieto
Por un momento todo quedó en silencio
**Eles não abrirão, disse Gregor a si mesmo, preso a alguma
esperança sem sentido**
No abrirán, se dijo Gregor, atrapado en una esperanza sin
sentido.

**Mas depois, claro, como sempre, a empregada caminhou
firmemente até à porta**
Pero luego, por supuesto, como siempre, la criada caminó con
firmeza hacia la puerta.
**Gregor só precisava ouvir a primeira saudação do visitante e
ele já sabia quem era**
A Gregor sólo le bastó oír el primer saludo del visitante para
saber quién era.
o próprio escrivão-chefe veio ver onde Samsa estava;
El propio secretario jefe vino a ver dónde estaba Samsa.
**Por que Gregor foi o único condenado a servir em tal
empresa?**
¿Por qué Gregorio fue el único condenado a servir en
semejante compañía?
**uma empresa em que o menor descuido imediatamente
levantou suspeitas**
Una empresa donde el más mínimo descuido inmediatamente
despertaba sospechas.
Todos os funcionários eram?
¿Eran todos los empleados unos sinvergüenzas?
Não havia entre eles uma pessoa fiel e dedicada?
¿No había entre ellos ninguna persona fiel y devota?
Não bastava ter um aprendiz a perguntar?
¿No era realmente suficiente que un aprendiz preguntara?
Esse questionamento era necessário?
¿Era realmente necesario este cuestionamiento?
O representante autorizado teve de vir ele próprio?
¿El representante autorizado tenía que venir personalmente?
e toda a família inocente tinha de ser mostrada?
¿Y era necesario mostrarle esto a toda la inocente familia?
**Gregor ficou comovido com essas considerações para fazer
algo**
Gregor se sintió impulsado por estas consideraciones a hacer
algo.
**Como resultado de uma decisão, ele se jogou para fora da
cama com todas as suas forças**
Como resultado de una decisión, se levantó de la cama con

todas sus fuerzas.

Houve um estrondo alto, mas não foi realmente um barulho
Se escuchó un fuerte estruendo, pero en realidad no era un
ruido.

A queda foi ligeiramente suavizada pelo tapete
La caída fue ligeramente suavizada por la alfombra.

também as costas eram mais elásticas do que Gregor pensava
Además, la espalda era más elástica de lo que Gregor había
pensado.

daí o som maçante não tão percetível
De ahí el sonido sordo no tan perceptible

**Só que ele não segurou a cabeça com cuidado suficiente e
bateu nela**
Sólo que no había sujetado la cabeza con suficiente cuidado y
la había golpeado.

virou a cabeça e esfregou-a no tapete com raiva e dor
Giró la cabeza y la frotó contra la alfombra con ira y dolor.

»Algo caiu lá,« disse o gerente na sala ao lado, à esquerda.
«Algo cayó allí», dijo el gerente en la habitación contigua a la
izquierda.

**Gregor tentou imaginar se algo semelhante poderia
acontecer com o escrivão-chefe como aconteceu com ele hoje.**
Gregor intentó imaginarse si al jefe de oficina le podría pasar
algo parecido a lo que le había sucedido a él hoy.

a possibilidade disso teve de ser admitida
Había que admitir la posibilidad de esto.

**Mas, como que para dar uma resposta grosseira a esta
pergunta, o escrivão-chefe da sala ao lado deu alguns passos
específicos**
Pero como para dar una respuesta cruda a esta pregunta, el
jefe de oficina en la habitación contigua dio algunos pasos
específicos.

**e, ao aproximar-se da porta, deixou ranger as suas botas de
couro patente**
y mientras se acercaba a la puerta dejó crujir sus botas de
charol

Da sala ao lado, à direita, a enfermeira sussurrou para

Gregor:
Desde la habitación contigua a la derecha, la enfermera le susurró a Gregor:
»Gregor, o representante autorizado está aqui«
»Gregor, el representante autorizado está aquí«
Eu sei, Gregor disse a si mesmo
Lo sé, se dijo Gregor.
mas ele não ousou levantar a voz alto o suficiente para que sua irmã ouvisse
Pero no se atrevió a levantar la voz lo suficientemente fuerte para que su hermana lo oyera.
»Gregor,« disse o pai do quarto ao lado, à esquerda
-Gregor -dijo el padre desde la habitación contigua a la izquierda.
»O gerente veio e perguntou por que você não saiu no trem mais cedo«
»El gerente vino y le preguntó por qué no había salido en el tren temprano.«
Não sabemos o que lhe dizer
No sabemos qué decirle.
»A propósito, ele também quer falar com você pessoalmente«
»Por cierto, también quiere hablar contigo personalmente«
»Então, por favor, abra a porta«
»Entonces por favor abre la puerta«
»Ele será gentil o suficiente para desculpar a bagunça na sala«
«Tendrá la amabilidad de disculpar el desorden en la habitación».
»Bom dia, Sr. Samsa,« o gerente gritou de forma amigável.
-Buenos días, señor Samsa-gritó amablemente el gerente.
Ele não está bem, disse a mãe ao gerente, enquanto o pai ainda falava à porta
No se encuentra bien, le dijo la madre al gerente, mientras el padre seguía hablando en la puerta.
»Ele não está bem, acredite, Sr. Gerente«
-No se encuentra bien, créame, señor gerente.

»De que outra forma Gregor perderia um comboio?«

«¿De qué otra manera Gregor perdería un tren?»

»O menino não tem nada em mente além de negócios«

»El chico no tiene nada en la cabeza excepto negocios«

»Estou quase aborrecido por ele nunca sair à noite«

»Casi me molesta que nunca salga por las noches«

»Esteve na cidade durante oito dias, mas estava em casa todas as noites«

»Estuvo en la ciudad ocho días, pero todas las noches estaba en casa«

»Senta-se à nossa mesa e lê o jornal ou os horários dos estudos«

»Se sienta en nuestra mesa y lee el periódico o estudia los horarios«

»É uma distração para ele quando está ocupado com o trabalho de fretsaw«

»Es una gran distracción para él cuando está ocupado con el trabajo de la sierra de marquetería«

»Por exemplo, ele esculpiu uma pequena moldura ao longo de duas ou três noites«

»Por ejemplo, talló un pequeño marco para cuadros en el transcurso de dos o tres tardes«

»Você vai se surpreender com o quão bonito é o quadro«

«Te sorprenderá lo bonito que es el marco».

»A moldura está pendurada na sala«

»El marco está colgado en la habitación«

»Você verá a moldura assim que Gregor abrir a porta«

»Verás el marco de la foto tan pronto como Gregor abra la puerta«

»A propósito, estou feliz por você estar aqui, Sr. Prokurist«

»Por cierto, me alegro de que esté aquí, señor Prokurist«

»Nós sozinhos não teríamos feito Gregor abrir a porta«

«Nosotros solos no hubiéramos conseguido que Gregor abriera la puerta»

»ele é tão teimoso«

"Él es tan terco"

e ele certamente não está bem, embora o tenha negado pela

manhã
y ciertamente no se encuentra bien, aunque lo negó por la
mañana
Eu estarei bem lá, disse Gregor lenta e deliberadamente
Estaré allí enseguida, dijo Gregor lenta y deliberadamente.
mas não se mexeu, para não perder uma palavra da conversa
Pero no se movió, para no perder ni una palabra de la
conversación.
**Não posso explicar de outra forma, senhora, disse o escrivão-
chefe.**
No puedo explicarlo de otra manera, señora, dijo el jefe de
oficina.
»espero que não seja nada grave«
«Espero que no sea nada grave».
**»Embora por outro lado eu deva dizer que nós, empresários,
muitas vezes temos que superar um ligeiro desconforto por
razões empresariais.«**
»Aunque por otro lado debo decir que nosotros los
empresarios muy a menudo tenemos que superar una
pequeña incomodidad por motivos laborales.«
**»Então o escrivão pode entrar agora?« perguntou o pai
impaciente e bateu à porta novamente**
-Entonces, ¿puede entrar ya el jefe de oficina? -preguntó el
padre impaciente y volvió a llamar a la puerta.
»Não,« disse Gregor
-No, -dijo Gregor.
Um silêncio constrangedor caiu na sala ao lado, à esquerda
Un silencio incómodo cayó en la habitación contigua a la
izquierda.
No quarto ao lado, à direita, a irmã começou a soluçar.
En la habitación de al lado, a la derecha, la hermana comenzó
a sollozar.
Por que a irmã não foi para os outros?
¿Por qué la hermana no fue con los demás?
**Ela provavelmente tinha acabado de sair da cama e nem
tinha começado a se vestir**
Probablemente acababa de levantarse de la cama y ni siquiera

había comenzado a vestirse.

E por que ela estava chorando?

¿Y por qué lloraba?

Porque ele não se levantou e deixou o gerente entrar?

¿Porque no se levantó y dejó entrar al gerente?

porque corria o risco de perder o emprego?

¿Porque estaba en peligro de perder su trabajo?

e porque então o patrão voltaria atrás dos pais com as mesmas velhas exigências?

¿Y porque entonces el jefe vendría otra vez a por los padres con las mismas viejas exigencias?

Tratava-se, provavelmente, de preocupações desnecessárias, por enquanto

Probablemente eran preocupaciones innecesarias por el momento.

Gregor ainda estava aqui e não tinha intenção de deixar sua família

Gregor todavía estaba aquí y no tenía intención de dejar a su familia.

Naquele momento, ele provavelmente estava deitado no tapete

En ese momento probablemente estaba acostado allí sobre la alfombra.

ninguém que conhecesse a sua condição lhe teria pedido seriamente para deixar o gerente entrar

Nadie que conociera su condición le habría pedido seriamente que dejara entrar al gerente.

Mas por causa dessa pequena grosseria, para a qual uma desculpa adequada poderia ser facilmente encontrada mais tarde, Gregor não pôde ser mandado embora imediatamente

Pero debido a esta pequeña grosería, para la que más tarde se podría encontrar fácilmente una excusa adecuada, Gregor no pudo ser despedido inmediatamente.

E Gregor pensou que seria muito mais sensato deixá-lo sozinho agora, em vez de perturbá-lo com choro e fala.

Y Gregorio pensó que sería mucho más sensato dejarlo solo ahora, en lugar de molestarlo con llantos y conversaciones.

Mas foi precisamente a incerteza que oprimiu os outros e desculpou o seu comportamento

Pero fue precisamente la incertidumbre la que oprimía a los demás y excusaba su comportamiento.

"Sr. Samsa", gritou o gerente com a voz erguida, "o que está acontecendo?"

—Señor Samsa —gritó el gerente en voz alta—, ¿qué sucede?

»Você se barricar no seu quarto«

»Te atrincheras en tu habitación«

»você responde apenas com sim e não«

»Respondes sólo con sí y no«

»Está a causar preocupações sérias e desnecessárias aos seus pais«

»Estás causando a tus padres preocupaciones serias e innecesarias«

»e você negligencia – apenas para mencionar isso de passagem – seus deveres comerciais de uma maneira verdadeiramente inédita«

»y descuidas –por decirlo de paso– tus obligaciones laborales de una manera verdaderamente inaudita«

Falo aqui em nome dos vossos pais e do vosso chefe e peço-vos muito seriamente uma explicação imediata e clara.

Hablo aquí en nombre de tus padres y de tu jefe y te pido muy seriamente una explicación inmediata y clara.

Estou espantado... Pensei que te conhecia como uma pessoa calma e razoável.

Me sorprende... Creí que te conocía como una persona tranquila y razonable.

»e agora de repente você parece querer começar a desfilar com humores estranhos«

»Y ahora de repente parece que quieres empezar a desfilar con estados de ánimo extraños«

"O chefe sugeriu-me esta manhã uma possível explicação para o seu fracasso."

"El jefe me sugirió esta mañana una posible explicación a su fracaso".

»Dizia respeito à cobrança de dívidas que lhe tinham sido

confiadas recentemente«
»Se trataba de la gestión de cobro de deudas que
recientemente le habían sido encomendadas«
mas eu realmente quase dei a minha palavra de honra de
que esta explicação não poderia ser correta
Pero realmente casi di mi palabra de honor de que esta
explicación no podía ser correcta.
"Mas agora vejo a sua teimosia incompreensível."
"Pero ahora veo tu incomprensible terquedad."
»e eu perco completamente toda a vontade de fazer qualquer
coisa por você«
»Y pierdo por completo todo deseo de hacer algo por ti«
»E a sua posição não é, de forma alguma, a mais estável«
»Y tu posición no es en absoluto la más estable«
Inicialmente, pretendia contar-vos tudo isto em privado
Originalmente tenía la intención de contarte todo esto en
privado.
Mas já que você está me fazendo perder meu tempo aqui, eu
não sei por que seus pais não deveriam saber sobre isso
também.
Pero ya que me estás haciendo perder el tiempo aquí, no sé
por qué tus padres no deberían saberlo también.
»O seu desempenho nos últimos tempos tem sido muito
insatisfatório«
»Su desempeño últimamente ha sido muy insatisfactorio«
»Não é época para fazer muitos negócios, reconhecemos
isso«
«No es temporada para hacer muchos negocios, lo
reconocemos»
»Mas não existe uma época para não fechar negócios, Sr.
Samsa«
»Pero no existe temporada para no cerrar negocios, señor
Samsa«
»Não deve haver uma época em que não se faça negócio«
»No debe haber una temporada en la que no se hagan
negocios«
»Mas o Sr. Prokurist,« Gregor gritou ao seu lado

-Pero señor Prokurist -gritó Gregor fuera de sí-.
e na excitação esqueceu-se de tudo o resto
Y en la emoción se olvidó de todo lo demás.
»Vou abri-lo imediatamente, agora«
«Lo abriré ahora mismo, ahora mismo«
**»Uma ligeira sensação de mal-estar, uma tontura, impediu-
me de me levantar«**
»Una ligera sensación de malestar, un mareo, me impidió
levantarme«
»Ainda estou deitado na cama«
»Sigo acostado en la cama«
»Agora estou me sentindo fresco novamente«
«Ahora me siento fresco de nuevo«
»Estou apenas a levantar da cama«
"Me estoy levantando de la cama"
»Apenas um momento de paciência!«
»¡Un momento de paciencia!«
»Não está a correr tão bem como eu pensava«
«No va tan bien como pensaba»
»Mas estou bem«
«Pero estoy bien«
»Como isso pode acontecer com uma pessoa assim?«
«¿Cómo le puede pasar esto a una persona así?»
»Estive bem ontem à noite, os meus pais sabem disso«
«Anoche estuve bien, mis padres lo saben»
**»ou talvez eu tenha tido um pouco de premonição ontem à
noite«**
»O tal vez tuve una pequeña premonición anoche«
»eles deveriam ter visto como eu estava me sentindo«
«Deberían haber visto cómo me sentía«
»Por que não denunciei no escritório?«
»¿Por qué no lo informé en la oficina?«
**Mas você sempre pensa que vai vencer a doença sem ficar
em casa**
Pero siempre piensas que vencerás la enfermedad sin quedarte
en casa.
»Sr. Gerente! Poupem os meus pais destas acusações!«

«¡Señor gerente! ¡Libere a mis padres de estas acusaciones!»

»Não há razão para todas as acusações que você está fazendo contra mim agora«

»No hay razón para todas las acusaciones que estás haciendo contra mí ahora«

»Não me disseram uma palavra sobre isso«

«No me han dicho ni una palabra sobre esto«

Você pode não ter lido os últimos pedidos que enviei

Puede que no hayas leído los últimos pedidos que envié

»A propósito, ainda viajo no comboio das oito horas«

»Por cierto, todavía estoy viajando en el tren de las ocho.»

»As poucas horas de descanso fortaleceram-me«

«Las pocas horas de descanso me han fortalecido«

»Não se contenha, Sr. Gerente«

«No se contenga, señor gerente«

»Eu mesmo estarei no escritório em breve«

"Estaré en la oficina pronto"

»e por favor, seja tão gentil a ponto de dizer isso e me recomendar ao chefe!«

»¡Y por favor, sea tan amable de decirlo y recomendarme al jefe!«

E enquanto Gregor proferiu tudo isso apressadamente e mal sabia o que estava dizendo, ele se aproximou da caixa

Y mientras Gregorio decía todo esto apresuradamente y sin saber apenas lo que decía, se acercó al palco.

e tentou levantar-se sobre a caixa

y trató de ponerse de pie sobre la caja

Ele realmente queria abrir a porta

En realidad quería abrir la puerta.

ele realmente queria ser visto e falar com o representante autorizado

En realidad quería ser visto y hablar con el representante autorizado.

ele estava ansioso para saber o que os outros, que agora tanto ansiavam por ele, diriam quando o vissem

Estaba ansioso por saber qué dirían los demás, que ahora lo añoraban tanto, cuando lo vieran.

Se estivessem assustados, Gregor já não teria qualquer responsabilidade e poderia estar calmo
Si tuvieran miedo, Gregor ya no tendría ninguna responsabilidad y podría estar tranquilo.
Mas se aceitassem tudo com calma, ele não teria motivos para ficar chateado
Pero si aceptaran todo con calma, entonces no tendría por qué enojarse.
depois, se se apressasse, poderia estar na estação às oito horas
Entonces, si se daba prisa, podría llegar a la estación a las ocho en punto.
Primeiro escorregou várias vezes da caixa lisa
Primero se resbaló varias veces de la caja lisa.
mas, finalmente, deu-se um último empurrão e ficou de pé
Pero finalmente se dio un último empujón y se puso de pie.
Já não prestava atenção à dor no abdómen, por mais que queimasse
Ya no le prestaba atención al dolor en el abdomen, por mucho que le ardiera.
Agora deixou-se cair contra as costas de uma cadeira próxima, segurando as bordas com as perninhas
Ahora se dejó caer contra el respaldo de una silla cercana, agarrándose a los bordes con sus pequeñas piernas.
Mas ele também ganhou controle sobre si mesmo e ficou em silêncio
Pero también había ganado control sobre sí mismo y se quedó en silencio.
porque agora ele podia ouvir o representante autorizado
porque ahora podía escuchar al representante autorizado
»Entendeu uma única palavra?« perguntou o gerente aos pais
«¿Entendieron una sola palabra?», preguntó el director a los padres.
»Ele não está a enganar-nos, não é?«
«No se está burlando de nosotros, ¿verdad?»
Pelo amor de Deus, gritou a mãe, já chorando.

¡Por Dios!, gritó la madre, ya llorando.

»ele pode estar gravemente doente e nós estamos a atormentá-lo«

«Puede que esté gravemente enfermo y lo estemos atormentando»

»Cumprimentar! Grete!« gritou ela

«¡Grete! ¡Grete!», gritó.

»Mãe?« chamou a irmã do outro lado

«¿Madre?», llamó la hermana desde el otro lado.

Eles se comunicaram através do quarto de Gregor

Se comunicaron a través de la habitación de Gregor.

Você tem que ir ao médico imediatamente. Gregor está doente.

Tienes que ir al médico inmediatamente. Gregor está enfermo.

»Você ouviu Gregor falando agora?«

¿Has oído a Gregor hablar ahora?

Aquela era uma voz animal, disse o gerente, notavelmente quieta em comparação com os gritos da mãe

Esa era una voz de animal, dijo el gerente, notablemente tranquila en comparación con los gritos de la madre.

»Anna! Anna!« o pai chamou pela antessala para a cozinha e bateu palmas

—¡Anna! ¡Anna! —gritó el padre desde la antesala hacia la cocina y dio una palmada.

»Obter um serralheiro imediatamente!«

»¡Consiga un cerrajero inmediatamente!«

E as duas meninas correram pela antessala com as saias farfalhar

Y las dos muchachas corrieron por la antesala con sus faldas susurrando.

Como a irmã se vestiu tão rapidamente?

¿Cómo se vistió la hermana tan rápido?

e rasgaram a porta do apartamento

y abrieron la puerta del apartamento

Você nem ouviu a porta bater

Ni siquiera escuchaste el portazo

provavelmente tinham deixado a porta aberta, como é

geralmente o caso em casas onde ocorreu um grande infortúnio

Probablemente habían dejado la puerta abierta, como suele ocurrir en los hogares donde ha ocurrido una gran desgracia.

Mas Gregor tinha ficado muito mais calmo

Pero Gregor se había vuelto mucho más tranquilo.

As suas palavras já não eram compreendidas, embora lhe parecessem suficientemente claras, mais claras do que antes.

Sus palabras ya no se entendían, aunque le habían parecido bastante claras, más claras que antes.

talvez devido a ele se acostumar com seus ouvidos

Quizás debido a que se acostumbró a sus oídos.

Mas pelo menos as pessoas agora acreditavam que havia algo errado com ele e estavam dispostas a ajudá-lo

Pero al menos ahora la gente creía que había algo mal con él y estaban dispuestos a ayudarlo.

A confiança e a segurança com que os primeiros arranjos foram feitos fizeram-lhe bem

La confianza y seguridad con que se habían hecho los primeros arreglos le hicieron bien.

Sentiu-se novamente incluído no círculo humano

Se sintió incluido nuevamente en el círculo humano.

e esperava grandes e surpreendentes conquistas tanto do médico como do serralheiro

y esperaba grandes y sorprendentes logros tanto del médico como del cerrajero

A fim de obter uma voz o mais clara possível para as reuniões cruciais que se aproximavam, ele tossiu um pouco

Para poder hablar con la mayor claridad posible en las reuniones cruciales que se avecinaban, tosió un poco.

no entanto, ele tentou tossir muito calmamente

Sin embargo, intentó toser muy silenciosamente.

porque este ruído pode ter soado diferente de uma tosse humana

Porque este ruido puede haber sonado diferente a una tos humana.

isso ele já não ousava decidir por si mesmo

Esto ya no se atrevía a decidirlo por sí mismo.

Na sala ao lado, tornou-se completamente silencioso
En la habitación contigua reinaba un completo silencio.

Talvez os pais estivessem sentados à mesa com o gerente e sussurrando
Quizás los padres estaban sentados a la mesa con el gerente y susurraban.

talvez todos estivessem encostados à porta e a ouvir
Tal vez todos estaban apoyados en la puerta y escuchando.

Gregor lentamente empurrou a cadeira em direção à porta e soltou-a
Gregor empujó lentamente la silla hacia la puerta y la soltó.

atirou-se contra a porta e manteve-se ereto
Se arrojó contra la puerta y se mantuvo en pie.

as almofadas de suas pernas tinham um pouco de cola
Las almohadillas de sus piernas tenían un poco de pegamento.

e ele descansou ali por um momento do esforço
y descansó allí por un momento del esfuerzo

Mas depois começou a virar a chave na fechadura com a boca
Pero luego empezó a girar la llave en la cerradura con la boca.

Infelizmente, parecia que ele não tinha dentes reais
Desafortunadamente, parecía que no tenía dientes reales.

Como ele deve pegar a chave?
¿Cómo debería agarrar la llave?

mas as mandíbulas eram, claro, muito fortes
Pero las mandíbulas eran, por supuesto, muy fuertes.

Com a ajuda de suas mandíbulas, ele realmente conseguiu mover a chave
Con la ayuda de sus mandíbulas realmente consiguió mover la llave.

e não se importava que estivesse indubitavelmente a causar-se algum dano
y no le importaba que sin duda se estaba causando algún daño

porque um líquido marrom saiu de sua boca, fluiu sobre a chave e pingou no chão
porque un líquido marrón salió de su boca, fluyó sobre la llave y goteó al suelo

Basta ouvir, disse o gerente na sala ao lado, "ele está virando a chave".

"Escuche", dijo el gerente en la habitación de al lado, "está girando la llave".

Este foi um grande incentivo para Gregor

Esto fue un gran estímulo para Gregor.

mas todos deveriam tê-lo chamado, incluindo seu pai e sua mãe:

Pero todos deberían haberlo llamado, incluso su padre y su madre:

"Bom, Gregor", deveriam ter gritado

«¡Bien, Gregor!», deberían haber gritado.

»Continue em frente, continue virando essa chave!«

»¡Sigue, sigue girando esa llave!«

E, imaginando que todos estavam observando seus esforços com entusiasmo, ele cerrou os dentes sem sentido na chave com toda a força que podia reunir.

E imaginando que todos observaban con emoción sus esfuerzos, apretó sin sentido los dientes sobre la tecla con toda la fuerza que pudo reunir.

Enquanto a chave continuava a girar, ele dançou ao redor da fechadura

Mientras la llave seguía girando, bailaba alrededor de la cerradura.

agora só se segurava com a boca

Ahora sólo se sostenía con la boca.

e, dependendo da necessidade, ele se pendurava na chave ou a pressionava novamente com todo o peso de seu corpo

y dependiendo de la necesidad, sostenía la llave o la volvía a presionar con todo el peso de su cuerpo.

O som mais brilhante da fechadura finalmente reagindo despertou Gregor

El sonido más brillante de la cerradura finalmente al abrirse despertó a Gregor.

Com um suspiro de alívio, disse a si mesmo: "Então eu não precisava do serralheiro".

Con un suspiro de alivio, se dijo: "Entonces no necesitaba al cerrajero".

e colocou a cabeça na maçaneta para abrir completamente a porta

y puso su cabeza en el picaporte para abrir la puerta completamente

Uma vez que teve de abrir a porta desta forma, na verdade já estava bastante aberta e ele próprio ainda não podia ser visto

Como tenía que abrir la puerta de esta manera, en realidad ya estaba bastante abierta y él mismo aún no podía ser visto.

Ele teve que virar lentamente uma das alas da porta, com muito cuidado

Tuvo que girar lentamente alrededor de una de las hojas de la puerta, con mucho cuidado.

se ele não quisesse cair desajeitadamente de costas antes de entrar na sala

Si no quería caer torpemente de espaldas antes de entrar a la habitación.

Ele ainda estava ocupado com aquele movimento difícil

Todavía estaba ocupado con ese difícil movimiento.

e não teve tempo de prestar atenção a mais nada

y no tuvo tiempo de prestar atención a nada más

Em seguida, ouviu o escrivão-chefe proferir um sonoro "Oh!"

Entonces oyó al jefe de oficina pronunciar un fuerte "¡Oh!".

parecia que o vento corria pela casa

Sonaba como si el viento soplara a través de la casa.

e agora viu-o também, enquanto ele, que estava mais perto da porta, pressionava a mão contra a boca aberta

Y ahora lo vio también, mientras él, que estaba más cerca de la puerta, presionaba su mano contra su boca abierta.

e lentamente recuou, como se uma força invisível e de ação constante o afastasse

Y lentamente retrocedió, como si una fuerza invisible que actuaba de manera constante lo estuviera alejando.

Apesar da presença do escrivão-chefe, a mãe ficou aqui com o cabelo ainda desarrumado e de pé desde a noite anterior

A pesar de la presencia del jefe de oficina, la madre estaba allí con el pelo todavía despeinado y erizado desde la noche anterior.

Primeiro olhou para o pai com as mãos cruzadas

Primero miró a su padre con las manos juntas.

ela então deu dois passos em direção a Gregor

Luego dio dos pasos hacia Gregor.

e ela caiu no meio de suas saias que se espalhavam ao seu redor

y ella cayó en medio de sus faldas extendiéndose alrededor de su

seu rosto estava completamente escondido da vista e afundado em seu peito

Su rostro estaba completamente oculto a la vista y hundido hasta el pecho.

O pai cerrou o punho com uma expressão hostil

El padre apretó el puño con expresión hostil.

como se quisesse empurrar Gregor de volta para o seu quarto

Como si quisiera empujar a Gregor de nuevo a su habitación.

Ele então olhou inseguro ao redor da sala de estar

Luego miró con incertidumbre alrededor de la sala de estar.

Ele então sombreou os olhos com as mãos e chorou até que seu poderoso peito tremeu

Luego se cubrió los ojos con las manos y lloró hasta que su poderoso pecho se estremeció.

Gregor não entrou na sala, mas encostou-se à porta trancada por dentro

Gregor no entró en la habitación, sino que se apoyó desde dentro contra la puerta cerrada.

de modo que apenas metade de seu corpo e acima dele sua cabeça inclinada lateralmente podia ser vista

de modo que sólo se podía ver la mitad de su cuerpo y por encima de él su cabeza inclinada hacia un lado

Entretanto, tornou-se muito mais brilhante

Mientras tanto se había vuelto mucho más brillante.

Claramente do outro lado da rua havia uma seção do interminável hospital cinza-preto em frente

Claramente al otro lado de la calle había una sección del interminable hospital gris-negro de enfrente.

a chuva continuava a cair, mas apenas com gotas grandes e individualmente visíveis

La lluvia seguía cayendo, pero sólo gotas grandes, visibles individualmente.

Os pratos do café da manhã estavam na mesa em abundância

Los platos del desayuno estaban en la mesa en abundancia.

Porque para o pai o pequeno-almoço era a refeição mais importante do dia

Porque para el padre el desayuno era la comida más importante del día.

uma refeição que arrastou durante horas enquanto lia vários jornais

Una comida que se prolongó durante horas mientras leía varios periódicos.

Na parede oposta estava pendurada uma fotografia de Gregor do seu tempo militar

Justo en la pared opuesta colgaba una fotografía de Gregor de su época militar.

A fotografia que o mostrava como tenente

La fotografía que lo mostraba como teniente

como ele, com a mão na espada, sorrindo despreocupado, exigia respeito pela sua postura e uniforme

Cómo él, con la mano en la espada, sonriendo despreocupadamente, exigía respeto por su postura y su uniforme.

A porta da antessala estava aberta

La puerta de la antesala estaba abierta.

e como a porta do apartamento também estava aberta, podia-se ver o pátio do apartamento

Y como la puerta del apartamento también estaba abierta, se podía ver el patio delantero del apartamento.

e no início você podia ver as escadas que levavam para baixo

y al principio se podían ver las escaleras que conducían hacia abajo

Bem, disse Gregor, bem ciente de que era o único que tinha mantido a calma

Bueno, dijo Gregor, consciente de que era el único que había mantenido la calma.

»Vou me vestir, arrumar a coleção e ir embora«

»Me voy a vestir, recoger la colección y salir«

Tu... você quer me deixar ir embora?

¿Quieres... quieres dejarme ir?

»Bem, Sr. Prokurist, você vê, eu não sou teimoso e gosto de trabalhar«

-Bueno, señor Prokurist, verá usted, no soy testaruda y me gusta trabajar.

»Viajar é difícil, mas não poderia viver sem ele«

«Viajar es difícil, pero no podría vivir sin ello»

Para onde vai, Sr. Gerente? Para o escritório? Sim?

¿Adónde va, señor gerente? ¿A la oficina? ¿Sí?

»Vai relatar tudo com verdade?«

»¿Informarás todo con veracidad?

»Poderá não conseguir trabalhar neste momento«

»Es posible que no puedas trabajar en este momento«

»mas então é o momento certo para recordar as conquistas passadas«

»Pero entonces es el momento justo para recordar los logros pasados«

»Depois de remover o obstáculo, trabalha-se de forma ainda mais diligente e concentrada«

»Después de eliminar el obstáculo, uno trabaja aún más diligentemente y con mayor concentración«

"Estou tão em dívida com o patrão, você sabe disso muito bem."

"Estoy en deuda con el jefe, lo sabes muy bien".

»Por outro lado, estou preocupado com os meus pais e com a minha irmã«

»Por otro lado, me preocupan mis padres y mi hermana«

»Estou em um ponto apertado, mas vou trabalhar para sair dele«

«Estoy en una situación difícil, pero voy a salir de ella».

»Mas não me torne mais difícil do que já é«

»Pero no me lo hagas más difícil de lo que ya es«

»Fique do meu lado nos negócios!«

»¡Quédate a mi lado en los negocios!«
»Não se ama o viajante, eu sei«
«No se ama al viajero, lo sé»
Você acha que ele ganha uma fortuna e leva uma boa vida
¿Crees que gana una fortuna y lleva una buena vida?
»Não há nenhuma razão especial para pensar este preconceito com mais cuidado«
»No hay ninguna razón particular para pensar más detenidamente sobre este prejuicio«
"Mas você, Sr. Oficial Autorizado, tem uma visão melhor da situação do que os outros funcionários."
—Pero usted, señor oficial autorizado, tiene una mejor visión de la situación que el resto del personal.
»Sim, em confiança, você tem uma visão melhor do que o próprio chefe«
»Sí, en confianza tienes una visión mejor que el propio jefe«
»O patrão que, na sua qualidade de empresário, permite facilmente que o seu julgamento seja induzido em erro em detrimento de um trabalhador«
»El jefe que, en su calidad de empresario, se deja fácilmente engañar en su juicio en detrimento de un empleado«
»Você também sabe muito bem que o viajante pode facilmente se tornar vítima de fofocas, coincidências e queixas infundadas«
»También sabéis muy bien que el viajero puede convertirse fácilmente en víctima de habladurías, coincidencias y quejas infundadas«
»Ele está fora do negócio quase todo o ano«
«Está fuera de actividad casi todo el año»
»Coisas contra as quais lhe é completamente impossível defender-se«
»Cosas contra las cuales le resulta absolutamente imposible defenderse«
»já que ele geralmente não ouve nada sobre essas coisas«
»ya que normalmente no oye nada sobre esas cosas«
»só descobre quando termina uma viagem exausto«
»Sólo se entera cuando ha terminado un viaje exhausto«

»quando ele experimenta as terríveis consequências em casa,
cujas causas não podem mais ser compreendidas«
»cuando experimenta en casa las terribles consecuencias,
cuyas causas ya no se pueden comprender«
Sr. Gerente, não saia sem dizer uma palavra para mim.
Señor gerente, no se vaya sin decirme una palabra.
»**Diga-me que concorda comigo pelo menos em parte.**«
»Dime que estás de acuerdo conmigo al menos en parte.»
**Mas o treinador já tinha recusado as primeiras palavras de
Gregor**
Pero el gerente ya se había dado la vuelta ante las primeras
palabras de Gregor.
**e só por cima do ombro contraído é que olhou para Gregor
com os lábios franzidos**
Y sólo por encima de su hombro tembloroso miró a Gregor
con los labios fruncidos.
**E durante o discurso de Gregor ele não ficou parado por um
momento**
Y durante el discurso de Gregor no se detuvo ni un momento.
**mas recuou, sem tirar os olhos de Gregor, em direção à porta,
mas muito gradualmente**
Pero retrocedió, sin apartar los ojos de Gregor, hacia la puerta,
pero muy lentamente.
como se houvesse uma proibição secreta de sair da sala
Como si hubiera una prohibición secreta de salir de la
habitación.
**Ele já estava na antessala e, depois de seu movimento
repentino, alguém teria pensado que ele tinha acabado de
queimar a sola de seu sapato**
Ya estaba en la antesala, y después de su repentino
movimiento uno hubiera pensado que acababa de quemarse la
suela del zapato.
**Na antessala, porém, estendeu a mão direita longe dele em
direção às escadas**
Sin embargo, en la antesala, extendió su mano derecha lejos de
él, hacia las escaleras.
como se ali o esperasse uma salvação quase sobrenatural

Como si una salvación casi sobrenatural le estuviera esperando allí.

Gregor percebeu que não podia deixar o treinador sair com este estado de espírito

Gregor se dio cuenta de que no podía dejar que el gerente se fuera en ese estado de ánimo.

a sua posição no negócio estava em risco

Su posición en el negocio estaba en riesgo

Os pais não entenderam muito bem tudo isso

Los padres no entendieron muy bien todo esto.

Ao longo dos anos, eles se convenceram de que Gregor estava previsto neste negócio para toda a vida

Con el paso de los años se habían convencido de que Gregor estaba asegurado en este negocio de por vida.

e estavam agora tão ocupados com as preocupações do momento que tinham perdido toda a clarividência

y ahora estaban tan ocupados con las preocupaciones del momento que habían perdido toda previsión.

Mas Gregor tinha essa visão

Pero Gregor tuvo esta previsión.

O representante autorizado teve de ser mantido, acalmado, convencido e, finalmente, conquistado

Al representante autorizado había que retenerlo, calmarlo, convencerlo y finalmente convencerlo.

O futuro de Gregor e sua família dependia disso!

¡El futuro de Gregor y su familia dependía de ello!

Se ao menos a irmã estivesse aqui! Ela era inteligente

¡Si la hermana hubiera estado aquí! Era inteligente.

ela já tinha chorado quando Gregor ainda estava deitado em silêncio de costas

Ella ya había llorado cuando Gregor todavía estaba acostado tranquilamente de espaldas.

E certamente o escrivão-chefe, essa senhora amiga, ter-se-ia deixado guiar por ela

Y seguramente el jefe de oficina, esta amiga, se habría dejado guiar por ella.

Ela teria fechado a porta do apartamento e conversado com

ele por medo na antessala

Ella habría cerrado la puerta del apartamento y lo habría convencido de que dejara de tener miedo en la antesala.

Mas a irmã não estava lá, então o próprio Gregor teve que agir

Pero la hermana no estaba allí, por lo que Gregor tuvo que actuar él mismo.

E sem pensar que ainda não conhecia as suas capacidades atuais, saiu pela porta

Y sin pensar que aún no conocía sus habilidades actuales, salió de la puerta.

sem sequer pensar que o seu discurso poderia, provavelmente, não ter sido compreendido novamente

Sin siquiera pensar que su discurso podría, de hecho, probablemente, no haber sido comprendido nuevamente.

e empurrou-se através da abertura da sala

y se empujó a través de la abertura de la habitación.

Ele queria ir até o gerente, que já estava segurando o corrimão do pátio com as duas mãos de forma ridícula

Quería ir a ver al gerente, que ya se agarraba con ambas manos de la barandilla de la explanada de una manera ridícula.

mas ele imediatamente caiu sobre suas muitas perninhas com um pouco de choro, procurando algo para segurar

Pero inmediatamente cayó sobre sus muchas patitas con un pequeño grito, buscando algo a lo que agarrarse.

Assim que isso aconteceu, ele sentiu um bem-estar físico pela primeira vez naquela manhã

Tan pronto como esto sucedió, sintió un bienestar físico por primera vez esa mañana.

as pernas tinham terra firme debaixo delas

Las piernas tenían tierra firme debajo de ellas.

obedeceram completamente, como ele notou para seu deleite

Ellos obedecieron completamente, como él notó para su deleite.

suas pernas até se esforçaram para levá-lo para onde ele quisesse ir

Sus piernas incluso se esforzaban por llevarlo a donde quisiera ir.

e ele já acreditava que a melhoria final de todo o sofrimento era iminente

y ya creía que la mejora final de todos los sufrimientos era inminente

Mas, no mesmo momento, sua própria mãe pulou

Pero en ese mismo momento su propia madre saltó.

com os braços estendidos, os dedos estendidos, ela gritou: "Socorro, pelo amor de Deus!"

Con los brazos extendidos y los dedos separados, gritó: «¡Socorro, por el amor de Dios, socorro!».

ela inclinou a cabeça como se quisesse ver Gregor melhor

Ella inclinó la cabeza como si quisiera ver mejor a Gregor.

mas ela correu para trás, em contradição com isso, sem sentido

Pero ella corrió de regreso, en contradicción con esto, sin sentido.

Esquecera-se de que a mesa estava posta atrás dela

Ella había olvidado que la mesa estaba puesta detrás de ella.

Quando chegou à casa dele, sentou-se apressadamente sobre a mesa, como se estivesse distraída

Cuando llegó a su casa, se sentó apresuradamente en la mesa como si estuviera distraída.

e ela parecia não notar que o café estava saindo da grande panela virada para o tapete ao seu lado

y ella no pareció darse cuenta de que el café se estaba derramando de la gran cafetera volcada sobre la alfombra a su lado.

Mãe, mãe, Gregor disse baixinho e olhou para ela

Mamá, mamá, dijo Gregor suavemente y la miró.

O oficial autorizado desapareceu completamente de sua mente por um momento

El oficial autorizado había desaparecido por completo de su mente por un momento.

Por outro lado, ele não resistiu a estalar as mandíbulas no vazio várias vezes ao ver o café fluindo.

Por otro lado, no pudo resistirse a chasquear las mandíbulas varias veces al ver el café fluyendo.

A mãe voltou a chorar por causa disso

La madre empezó a llorar de nuevo por esto.

fugiu da mesa e caiu nos braços do pai, que corria em sua direção

Ella huyó de la mesa y cayó en los brazos de su padre que corría hacia ella.

Mas Gregor não tinha tempo para os pais agora

Pero Gregor ya no tenía tiempo para sus padres.

o oficial autorizado já estava nas escadas

El oficial autorizado ya estaba en las escaleras.

Com o queixo no corrimão, olhou para trás pela última vez

Con la barbilla apoyada en la barandilla, miró hacia atrás por última vez.

Gregor fez uma corrida para alcançá-lo com a maior segurança possível

Gregor corrió para alcanzarlo lo más seguro posible.

O escrivão deve ter suspeitado de alguma coisa, porque saltou vários degraus e desapareceu

El jefe de oficina debió sospechar algo, porque saltó varios escalones y desapareció.

»Huh!« gritou, ecoou por toda a escadaria

«¡Huh!», gritó, y su voz resonó por toda la escalera.

Infelizmente, a fuga do gerente também parecia confundir completamente seu pai, que tinha sido relativamente composto até então.

Desgraciadamente, la huida del directivo también pareció confundir por completo a su padre, que hasta entonces se había mostrado relativamente sereno.

porque, em vez de correr atrás do próprio escrivão ou pelo menos não atrapalhar Gregor em sua perseguição, ele agarrou o pau do escrivão com a mão direita

porque en lugar de correr él mismo tras el escribano jefe o al menos no obstaculizar su persecución, Gregor agarró el bastón del escribano jefe con su mano derecha.

Pegou um grande jornal da mesa com a mão esquerda

Cogió un periódico grande de la mesa con su mano izquierda.
**e ele começou a bater os pés e acenar com seu pau e jornal
para levar Gregor de volta ao seu quarto**
Y empezó a dar patadas y a agitar el bastón y el periódico para
obligar a Gregor a regresar a su habitación.
**Nenhum dos pedidos de Gregor ajudou, nenhum dos seus
pedidos foi compreendido**
Ninguna de las peticiones de Gregor sirvió, ninguna de sus
peticiones fue entendida.
**Por mais humildemente que virasse a cabeça, o pai só batia
os pés com mais força**
Por más humilde que girase la cabeza, su padre sólo le daba
patadas más fuertes.
Ali, a mãe tinha aberto uma janela, apesar do tempo frio
Allí, la madre había abierto una ventana a pesar del clima
fresco.
**e, inclinando-se para fora da janela, ela pressionou seu rosto
do lado de fora da janela em suas mãos**
Y asomándose por la ventana, apretó su rostro contra sus
manos, que estaba muy lejos de la ventana.
Um forte calado desenvolveu-se entre o beco e a escadaria
Se creó una fuerte corriente de aire entre el callejón y la
escalera.
**as cortinas das janelas abriram-se e os jornais sobre a mesa
enferrujaram**
Las cortinas de la ventana se abrieron de golpe y los
periódicos sobre la mesa crujieron.
folhas individuais sopraram pelo chão
Hojas individuales arrastradas por el suelo
**O pai empurrou incansavelmente e assobiou como um
homem selvagem**
El padre empujó sin descanso y silbó como un hombre salvaje.
**Mas Gregor não tinha prática de andar para trás, era
realmente muito lento**
Pero Gregor no tenía práctica en caminar hacia atrás, era
realmente muy lento.
Se ao menos Gregor tivesse sido autorizado a se virar, ele

estaria em seu quarto imediatamente

Si a Gregor le hubieran permitido darse la vuelta, habría estado inmediatamente en su habitación.

mas tinha medo de deixar o pai impaciente com a demorada viragem

Pero tenía miedo de impacientar a su padre con el largo turno.

e a qualquer momento foi ameaçado com um golpe fatal nas costas ou na cabeça do pau na mão do pai

y en cualquier momento lo amenazaban con un golpe fatal en la espalda o en la cabeza con el palo que sostenía su padre.

Mas finalmente Gregor não teve outra escolha

Pero finalmente Gregor no tuvo otra opción.

pois percebeu com horror que não conseguia sequer manter a direção ao andar para trás

porque se dio cuenta con horror que ni siquiera podía mantener la dirección al ir hacia atrás.

e assim começou a virar-se o mais depressa possível, mas na realidade muito lentamente, com incessantes olhares ansiosos para o pai

Y así empezó a girar lo más rápido que pudo, pero en realidad muy lentamente, sin cesar de mirar con ansiedad a su padre.

Talvez o pai tenha notado a sua boa vontade, porque não o perturbou

Tal vez el padre notó su buena voluntad, porque no lo molestó.

ele ainda direcionou a rotação à distância com a ponta do pau

Incluso dirigió la rotación desde la distancia con la punta de su bastón.

Se não fosse aquele assobio insuportável do meu pai!

¡Ojalá no hubiera sido por ese silbido insoportable de mi padre!

Gregor perdeu completamente a compostura

Gregor perdió completamente la compostura.

Quase se virou quando, sempre a ouvir aquele som sibilante, até cometeu um erro e recuou um pouco

Ya casi se había dado la vuelta cuando, siempre atento a ese silbido, incluso cometió un error y se dio la vuelta un poco.

Mas quando ele finalmente colocou a cabeça na frente da porta, tornou-se evidente que seu corpo era muito largo para passar facilmente.

Pero cuando finalmente logró poner su cabeza frente a la puerta, se hizo evidente que su cuerpo era demasiado ancho para pasar fácilmente.

É claro que, no seu estado atual, também não ocorreu ao pai abrir a outra porta

Por supuesto, en su estado actual, al padre tampoco se le ocurrió abrir la otra puerta.

para criar passagem suficiente para Gregor

Para crear suficiente paso para Gregor

Sua obsessão era simplesmente que Gregor tinha que chegar ao seu quarto o mais rápido possível

Su obsesión era simplemente que Gregor tenía que llegar a su habitación lo más rápido posible.

Ele nunca teria permitido os preparativos complicados que Gregor precisava fazer para se levantar e talvez passar pela porta dessa maneira.

Nunca habría permitido los complicados preparativos que Gregor tuvo que hacer para poder levantarse y tal vez atravesar la puerta de esa manera.

Talvez ele estivesse agora dirigindo Gregor para a frente com um barulho particular, como se não houvesse nenhum obstáculo

Tal vez ahora empujaba a Gregor hacia adelante con un ruido especial, como si no hubiera ningún obstáculo.

Mesmo atrás de Gregor já não soava como a voz do seu único pai

Incluso detrás de Gregor ya no sonaba la voz de su único padre.

Agora não havia mais brincadeira, e Gregor se empurrou – aconteça o que acontecer – para dentro da porta

Ahora ya no había más bromas y Gregor se empujó, pasara lo que pasara, hacia la puerta.

Um lado do seu corpo ergueu-se

Un lado de su cuerpo se levantó.

deitou-se torto na porta

Él yacía torcido en la puerta

um dos seus flancos estava completamente esfregado cru

Uno de sus flancos estaba completamente raspado y en carne viva.

manchas feias permaneceram na porta branca

Quedaron manchas feas en la puerta blanca

Logo ele ficou preso e não teria conseguido se mover sozinho

Pronto se quedó atascado y no habría podido moverse por sí solo.

as pernas de um lado pendiam trêmulas no ar

Las piernas de un lado colgaban temblando en el aire.

as pernas do outro lado foram dolorosamente pressionadas no chão

Las piernas del otro lado estaban dolorosamente presionadas contra el suelo.

então seu pai lhe deu um empurrão forte verdadeiramente libertador por trás

Entonces su padre le dio un fuerte empujón desde atrás que fue realmente liberador.

e voou, sangrando muito, para o seu quarto

y voló, sangrando profusamente, hasta su habitación.

a porta foi fechada com um pedaço de pau

La puerta se cerró de golpe con un palo

depois, finalmente ficou quieto

Entonces finalmente hubo silencio

Segunda Parte

Segunda parte

Só ao anoitecer é que Gregor acordou do seu sono pesado e inconsciente

Sólo al anochecer Gregorio despertó de su sueño pesado e inconsciente.

Ele certamente teria acordado não muito mais tarde, mesmo sem perturbação

Seguramente se habría despertado poco después, incluso sin perturbaciones.

porque se sentia suficientemente descansado e bem dormido

porque se sentía suficientemente descansado y bien dormido

mas parecia-lhe como se um passo fugaz e um fecho cauteloso da porta que dava acesso à antessala o tivessem despertado

Pero le pareció como si un paso fugaz y un cierre cauteloso de la puerta que conducía a la antesala lo hubieran despertado.

A luz do bonde elétrico estava pálida aqui e ali no teto e nas partes mais altas do mobiliário

La luz del tranvía eléctrico se reflejaba pálidamente aquí y allá en el techo y en las partes altas de los muebles.

mas ao nível de Gregor estava escuro

Pero abajo, al nivel de Gregor, estaba oscuro.

Ele lentamente se empurrou em direção à porta para ver o que havia acontecido lá

Se empujó lentamente hacia la puerta para ver qué había sucedido allí.

ele ainda era desajeitado com seus sentidores, que só agora aprendeu a apreciar

Todavía era torpe con sus antenas, que sólo ahora aprendió a apreciar.

Seu lado esquerdo parecia ter uma cicatriz longa e desagradavelmente apertada

Su lado izquierdo parecía tener una cicatriz larga y desagradablemente apretada.

e ele teve que literalmente mancar em suas duas fileiras de pernas

y tuvo que cojear literalmente sobre sus dos filas de patas

Aliás, uma das pernas tinha ficado gravemente ferida durante os incidentes da manhã

Por cierto, una de las piernas resultó gravemente herida durante los incidentes de la mañana.

Foi quase um milagre que apenas uma de suas pernas tenha sido ferida

Fue casi un milagro que sólo una de sus piernas estuviera herida

e arrastou a perna sem vida

y arrastró su pierna sin vida

Só quando chegou à porta é que se apercebeu do que realmente o tinha atraído para lá

Sólo cuando llegó a la puerta se dio cuenta de lo que realmente lo había atraído hasta allí.

era o cheiro de algo comestível que o tinha atraído para lá

Fue el olor de algo comestible lo que lo había atraído allí.

Porque havia uma tigela cheia de leite doce, na qual pequenas fatias de pão branco flutuavam

Porque había un cuenco lleno de leche dulce, en el que flotaban pequeñas rebanadas de pan blanco.

Quase riu de alegria porque estava ainda mais faminto do que de manhã

Casi se rió de alegría porque tenía aún más hambre que por la mañana.

e imediatamente mergulhou a cabeça quase até os olhos no leite

Y al instante sumergió la cabeza casi hasta los ojos en la leche.

Mas logo ele puxou a cabeça para trás dececionado

Pero pronto echó la cabeza hacia atrás decepcionado.

Não era apenas que comer era difícil para ele por causa de seu lado esquerdo delicado

No era sólo que comer le resultaba difícil debido a su delicado lado izquierdo.

ele só podia comer se todo o seu corpo estivesse ofegante e trabalhando

Sólo podía comer si todo su cuerpo jadeaba y trabajaba.

**Mas, além disso, ele não gostava nada do leite, que
normalmente era seu favorito**
Pero además, no le gustaba nada la leche, que normalmente
era su favorita.
A irmã certamente lhe dera o leite por esse motivo
La hermana seguramente le había dado la leche por esta
razón.
Sim, ele se afastou da tigela quase com relutância
Sí, se alejó del cuenco casi con renuencia.
e ele rastejou de volta para o meio da sala
y se arrastró de nuevo hasta el centro de la habitación
**Na sala de estar, quando Gregor viu através da fresta na
porta, o gás estava aceso**
En la sala de estar, como Gregor vio a través de la rendija de la
puerta, estaba encendida la llama del gas.
**A esta hora do dia, o pai costumava ler o jornal da tarde para
a mãe e, por vezes, também para a irmã com a voz erguida**
A esta hora del día, el padre solía leer el periódico de la tarde a
su madre y a veces también a su hermana en voz alta.
mas hoje não se ouviu nenhum som
pero hoy no se escuchó ningún sonido
**Ora, talvez esta leitura em voz alta, que a sua irmã sempre
lhe contava e sobre a qual escrevia, se tivesse recentemente
tornado completamente fora de prática**
Ahora bien, quizá esa lectura en voz alta, de la que siempre le
hablaba y escribía su hermana, había quedado recientemente
completamente fuera de uso.
**Mas era tão tranquilo ao redor, embora o apartamento
certamente não estava vazio**
Pero todo estaba muy tranquilo, aunque el apartamento
ciertamente no estaba vacío.
"Que vida tranquila a família levou", disse Gregor
"¡Qué vida tan tranquila llevaba la familia!", dijo Gregor.
**e sentiu, enquanto olhava para a escuridão diante dele, um
grande orgulho**
y sintió, mientras miraba fijamente la oscuridad frente a él, un
gran orgullo.

ele estava orgulhoso de ter sido capaz de proporcionar aos seus pais e sua irmã uma vida tão bonita em um apartamento tão bonito

Estaba orgulloso de haber podido ofrecerles a sus padres y a su hermana una vida así en un apartamento tan bonito.

Mas e se toda a paz, toda a prosperidade, todo o contentamento chegassem a um fim terrível?

¿Pero qué pasaría si toda paz, toda prosperidad y toda satisfacción llegaran a un final terrible?

Para não se perder em tais pensamentos, Gregor preferiu se mexer

Para no perderse en tales pensamientos, Gregor prefirió ponerse en movimiento.

e ele rastejou para cima e para baixo na sala

y se arrastró arriba y abajo de la habitación

Uma vez durante a longa noite uma porta lateral e uma vez a outra foi aberta para uma pequena rachadura

Una vez, durante la larga velada, una puerta lateral y otra vez la otra se abrieron por una pequeña rendija.

e rapidamente a porta foi fechada novamente

Y rápidamente la puerta se cerró de nuevo.

alguém tinha o desejo de entrar, mas também demasiadas preocupações

Alguien tenía el deseo de entrar, pero también demasiadas preocupaciones.

Gregor agora parou diretamente na porta da sala de estar

Gregor ahora se detuvo directamente en la puerta de la sala de estar.

ele estava determinado a trazer de alguma forma o visitante hesitante

Estaba decidido a hacer entrar de algún modo al visitante indeciso.

ele pelo menos queria saber quem era

Al menos quería saber quién era.

mas agora a porta já não estava aberta e Gregor esperou em vão

Pero ahora la puerta ya no estaba abierta y Gregor esperó en vano.

**No início da manhã, quando as portas estavam trancadas,
todos queriam entrar com ele**
Temprano en la mañana, cuando las puertas estaban cerradas,
todos querían entrar.
**agora que ele tinha aberto uma porta e as outras tinham sido
evidentemente abertas durante o dia, ninguém veio**
Ahora que había abierto una puerta y las demás
evidentemente habían sido abiertas durante el día, nadie vino.
e as chaves passaram a ser inseridas também do lado de fora
Y las llaves ahora también se insertaban desde el exterior.
Só tarde da noite é que a luz da sala de estar se apagou
Sólo tarde por la noche se apagó la luz de la sala de estar.
**e agora era fácil ver que os pais e a irmã tinham ficado
acordados tanto tempo**
Y ahora era fácil ver que los padres y la hermana habían
permanecido despiertos tanto tiempo.
**porque, como se podia ouvir claramente, os três estavam
agora na ponta dos pés**
Porque como se podía oír claramente, los tres se alejaban de
puntillas.
Agora ninguém viria a Gregor até de manhã
Ahora nadie vendría a Gregor hasta la mañana.
**Por isso, teve muito tempo para pensar sem ser perturbado
sobre como deveria agora reorganizar a sua vida**
Así que tuvo mucho tiempo para pensar tranquilamente sobre
cómo debería reorganizar ahora su vida.
**Mas a sala alta e vazia em que foi forçado a deitar-se no chão
assustou-o**
Pero la habitación alta y vacía en la que lo obligaron a
tumbarse en el suelo lo asustó.
assustou-o sem que ele pudesse descobrir a causa
Le asustó sin que pudiera averiguar la causa
porque era o quarto em que vivia há cinco anos
porque era la habitación en la que había vivido durante cinco
años
e com uma volta meio inconsciente e não sem um ligeiro

sentimento de vergonha, apressou-se para debaixo do sofá

Y con un giro medio inconsciente y no sin un ligero sentimiento de vergüenza, se apresuró a meterse debajo del sofá.

debaixo do sofá sentiu-se imediatamente muito confortável novamente

Bajo el sofá inmediatamente se sintió muy cómodo de nuevo.

apesar do fato de que suas costas estavam um pouco pressionadas

A pesar de que tenía la espalda un poco presionada

e apesar de já não conseguir levantar a cabeça

y a pesar de que ya no podía levantar la cabeza

e agora lamentava que o seu corpo fosse demasiado largo para ser completamente acomodado debaixo do sofá

Y ahora lamentaba que su cuerpo fuera demasiado ancho para acomodarse completamente debajo del sofá.

Ele ficou lá a noite toda, que ele passou parcialmente meio dormindo

Se quedó allí toda la noche, que pasó en parte medio dormido.

o meio sono do qual a fome continuava a acordá-lo

El medio sueño del que el hambre lo despertaba una y otra vez

mas passou parte da noite em preocupações e vagas esperanças

Pero pasó parte de la noche preocupado y con vagas esperanzas.

Esperanças que levaram a uma única conclusão

Esperanzas que todas condujeron a una conclusión

ele teve que ficar quieto por enquanto

Tuvo que permanecer callado por el momento.

e teve de tornar suportáveis os inconvenientes através da paciência e da maior consideração da família

y tuvo que hacer soportables los inconvenientes con paciencia y la mayor consideración hacia la familia.

o inconveniente que ele agora foi forçado a causar-lhes em sua condição atual

las molestias que ahora se veía obligado a causarles en su

condición actual

Já de madrugada, quase ainda era noite, Gregor teve a oportunidade de testar a força das suas decisões recém-tomadas

Ya temprano por la mañana, cuando todavía era casi de noche, Gregor tuvo la oportunidad de probar la fuerza de sus recién tomadas decisiones.

porque da antessala a irmã, quase toda vestida, abriu a porta e olhou para dentro com excitação

porque desde la antesala la hermana, casi completamente vestida, abrió la puerta y miró hacia adentro con excitación.

Ela não o encontrou imediatamente, mas quando o notou debaixo do sofá...

No lo encontró de inmediato, pero cuando lo notó debajo del sofá...

Deus, ele tinha que estar em algum lugar; ele não poderia ter voado para longe

Dios, tenía que estar en algún lugar; no podía haberse ido volando.

Ela estava tão assustada que, sem conseguir se controlar, bateu a porta do lado de fora

Estaba tan asustada que, sin poder controlarse, cerró la puerta desde afuera.

Mas, como se se arrependesse do seu comportamento, abriu imediatamente a porta novamente

Pero como si se arrepintiera de su comportamiento, inmediatamente abrió la puerta nuevamente.

e ela entrou na ponta dos pés como se estivesse visitando uma pessoa gravemente doente ou mesmo um estranho

y entró de puntillas como si estuviera visitando a un enfermo grave o incluso a un desconocido

Gregor tinha empurrado a cabeça quase até a borda do sofá e estava a observá-la

Gregor había empujado su cabeza casi hasta el borde del sofá y la estaba mirando.

Será que ela notaria que ele tinha deixado o leite?

¿Se daría cuenta de que había dejado la leche?

e não o fez por falta de fome
y no lo hace por falta de hambre
e ele se perguntou se ela traria algum outro alimento
y se preguntó si ella traería alguna otra comida
Um prato que melhor lhe convinha
Un plato que le sentaba mejor
Se ela não fizesse isso sozinha, ele preferiria morrer de fome do que conscientizá-la disso
Si no lo hiciera ella misma, él preferiría morir de hambre antes que hacérselo saber.
na verdade, ele estava realmente tentado a atirar de debaixo do sofá
En realidad, estuvo muy tentado de salir disparado desde debajo del sofá.
queria atirar-se aos pés da irmã e pedir-lhe algo de bom para comer
Quería arrojarse a los pies de su hermana y pedirle algo bueno para comer.
Mas sua irmã imediatamente notou com surpresa que a tigela ainda estava cheia
Pero su hermana inmediatamente notó con sorpresa que el cuenco todavía estaba lleno.
a tigela de onde apenas um pouco de leite foi derramado ao redor
El recipiente del que sólo se derramó un poco de leche por todos lados.
Ela imediatamente pegou a tigela, não com as próprias mãos, mas com um pano, e a executou
Inmediatamente tomó el cuenco, no con sus propias manos, sino con un trapo, y lo sacó.
Gregor estava extremamente curioso para ver o que ela traria como substituta
Gregor tenía muchísima curiosidad por ver qué traería como reemplazo.
e ele tinha vários pensamentos sobre isso
y tenía varios pensamientos al respecto
Mas ele nunca poderia ter adivinhado o que a irmã

realmente fez em sua bondade

Pero nunca podría haber adivinado lo que la hermana realmente hizo en su bondad.

Para testar o seu gosto, trouxe-lhe toda uma seleção, toda espalhada num jornal antigo

Para probar su gusto, le trajo una selección entera, toda extendida sobre un periódico viejo.

Havia vegetais velhos, meio podres

Había verduras viejas y medio podridas.

Ossos da refeição da noite rodeados por molho branco solidificado

Huesos de la cena rodeados de salsa blanca solidificada

algumas passas e amêndoas

Unas pasas y almendras

um queijo que Gregor tinha declarado não comestível há dois dias

Un queso que Gregor había declarado incomestible hacía dos días.

um pão seco e um pão com manteiga

Un pan seco y un pan con mantequilla.

e um pão salgado com manteiga

y un pan salado untado con mantequilla

Além de tudo isso, ela também colocou uma tigela que provavelmente foi destinada a Gregor de uma vez por todas.

Además de todo esto, también colocó un cuenco que probablemente estaba destinado a Gregor de una vez por todas.

e ela derramou água na tigela

y ella había vertido agua en el cuenco

E por delicadeza, sabendo que Gregor não comeria à sua frente, apressou-se

Y por delicadeza, sabiendo que Gregorio no comería delante de ella, se apresuró a marcharse.

e ela ainda virou a chave quando saiu

Y hasta giró la llave al salir.

para que apenas Gregor pudesse notar que ele poderia se sentir tão confortável quanto quisesse

para que sólo Gregor pudiera notar que podía ponerse tan cómodo como quisiera.

As pernas de Gregor estavam zumbindo na hora de comer
Las piernas de Gregor zumbaban porque era hora de comer.

Vale a pena notar que suas feridas já devem ter cicatrizado completamente
Cabe señalar que sus heridas ya deben haber sanado por completo.

porque já não sentia qualquer deficiência
porque ya no sentía ninguna discapacidad

Ficou espantado e pensou em como tinha cortado o dedo com a faca há mais de um mês
Se quedó asombrado y pensó en cómo se había cortado el dedo con el cuchillo hacía más de un mes.

e lembrou-se de como esta ferida o tinha ferido o suficiente anteontem
y recordó cuánto le había dolido bastante esa herida anteayer

»Estou a ser menos sensível agora?« pensou
«¿Soy menos sensible ahora?», pensó.

e ele já chupava gulosamente o queijo
y ya estaba chupando con avidez el queso

o queijo para o qual foi imediata e enfaticamente atraído acima de todos os outros alimentos;
El queso que le atraía inmediata y enfáticamente por encima de todos los demás alimentos.

Rapidamente, um após o outro e com os olhos lacrimejando de satisfação, comeu o queijo
Rápidamente, uno tras otro y con los ojos llenos de lágrimas de satisfacción, se comió el queso.

e comeu os legumes e o molho
y comió las verduras y la salsa

A comida fresca, no entanto, não tinha bom gosto para ele
Sin embargo, la comida fresca no le sabía bien.

ele não suportava nem o cheiro de comida fresca
Ni siquiera podía soportar el olor de la comida fresca.

e ainda arrastou as coisas que queria comer um pouco mais longe

Y hasta arrastró las cosas que quería comer un poco más lejos.
Ele já tinha terminado tudo
Ya había terminado todo
**Ele ainda estava deitado preguiçosamente no mesmo local
quando sua irmã chegou**
Todavía estaba acostado perezosamente en el mismo lugar
cuando llegó su hermana.
**Como sinal de que ele deveria se retirar, ela lentamente
virou a chave**
Como señal de que debía retirarse, giró lentamente la llave.
**Isso o assustou imediatamente, embora ele estivesse quase
dormindo**
Esto lo sobresaltó de inmediato, aunque estaba casi dormido.
e correu de volta para debaixo do sofá
Y se apresuró a volver debajo del sofá.
**Mas custou-lhe um grande autocontrolo ficar debaixo do
sofá**
Pero le costó mucho autocontrol quedarse debajo del sofá.
mesmo que fosse pouco tempo que a irmã estava no quarto
Aunque solo fue un corto tiempo que la hermana estuvo en la
habitación
**porque o seu corpo se tornara um pouco arredondado da
comida abundante**
Porque su cuerpo se había vuelto un poco redondeado por la
abundante comida.
e mal conseguia respirar ali no espaço estreito
y apenas podía respirar allí en el estrecho espacio
**Com pequenos acessos de asfixia, observava com os olhos
ligeiramente esbugalhados**
Con pequeños ataques de asfixia, observaba con ojos
ligeramente saltones.
**Ele viu a irmã desavisada despejar tudo às pressas em um
balde com uma vassoura**
Observó cómo la hermana desprevenida vertía
apresuradamente todo en un balde con una escoba.
**não só as sobras, mas até mesmo a comida que Gregor nem
sequer havia tocado**

No sólo las sobras, sino también la comida que Gregor ni siquiera había tocado.

como se estes já não fossem utilizáveis

Como si ya no fueran utilizables

e fechou os restos mortais com uma tampa de madeira, após o que levou tudo para fora

y cerró los restos con una tapa de madera, después de lo cual sacó todo.

Ela mal tinha se virado quando Gregor se puxou de debaixo do sofá e se esticou e inchou

Apenas se había dado la vuelta cuando Gregor salió de debajo del sofá y se estiró y se hinchó.

Desta forma, Gregor recebia a sua comida todos os dias

De esta manera Gregorio recibía su comida todos los días.

uma vez pela manhã, quando os pais e a empregada ainda dormiam

Una mañana, cuando los padres y la criada todavía dormían.

a segunda vez depois do almoço geral

La segunda vez después del almuerzo general.

porque então os pais também dormiram por um tempo

porque luego los padres también durmieron un rato

e a empregada foi mandada embora pela irmã em algum recado

y la doncella fue enviada por la hermana a hacer algún recado

Eles certamente não queriam que Gregor morresse de fome

Ciertamente no querían que Gregor muriera de hambre.

mas talvez não pudessem ter suportado aprender mais sobre a sua comida do que por boatos

Pero tal vez no hubieran podido soportar aprender más sobre su comida que de oídas.

talvez a irmã quisesse poupá-los de uma pequena tristeza

Tal vez la hermana quería ahorrarles un dolor quizás pequeño.

porque, na verdade, eles sofreram o suficiente

porque en realidad sufrieron lo suficiente

Gregor não tinha como saber quais desculpas tinham sido usadas para tirar o médico e o serralheiro do apartamento

naquela primeira manhã.

Gregor no tenía forma de saber qué excusas se habían utilizado para sacar al médico y al cerrajero del apartamento esa primera mañana.

porque ele não era compreendido, ninguém, nem mesmo sua irmã, pensava que ele poderia entender os outros

porque no era comprendido, nadie, ni siquiera su hermana, pensaba que él podía entender a los demás

e assim, quando a irmã estava em seu quarto, ele teve que se contentar em ouvir apenas aqui e ali seus suspiros

Y así, cuando la hermana estaba en su habitación, tenía que contentarse con oír sólo aquí y allá sus suspiros.

Só mais tarde, quando ela se acostumou um pouco com tudo, é que Gregor às vezes pegou um comentário

Sólo más tarde, cuando ya se había acostumbrado un poco a todo, Gregor captó a veces una observación:

É claro que nunca se poderia falar de habituação completa

Por supuesto, nunca podría hablarse de una habituación completa.

uma observação que foi feita de forma amigável ou que pode ser interpretada como tal

un comentario que se hizo de manera amistosa o que podría interpretarse como tal

Ele gostou hoje, disse ela quando Gregor limpou a comida

"Lo disfruté hoy", dijo cuando Gregor había limpiado la comida.

enquanto no caso oposto, que gradualmente se tornou mais e mais frequente, ela diria quase tristemente:

Mientras que en el caso contrario, que poco a poco se fue haciendo más frecuente, decía casi con tristeza:

»Agora toda a comida é deixada de pé novamente«

»Ahora toda la comida vuelve a quedar en pie«

Enquanto Gregor não podia ouvir nenhuma notícia diretamente, ele ouviu muito das salas adjacentes

Aunque Gregor no podía escuchar ninguna noticia directamente, escuchaba mucho de las habitaciones contiguas.

e, assim que ouviu vozes, correu imediatamente para a porta

em questão e pressionou-se contra ela com todo o corpo
Y tan pronto como oyó voces, corrió inmediatamente a la
puerta en cuestión y se apretó contra ella con todo su cuerpo.
**Especialmente nos primeiros dias, não havia nenhuma
conversa que não de alguma forma, mesmo que apenas
secretamente, tratasse com ele**
Especialmente en los primeros días, no había ninguna
conversación que no tratara de él de alguna manera, aunque
fuera en secreto.
**Durante dois dias, em cada refeição, ouviam-se discussões
sobre como se comportar agora**
Durante dos días, en cada comida, se podían escuchar
discusiones sobre cómo comportarse ahora.
mas também entre as refeições foi discutido o mesmo tema
Pero también entre comidas se discutió el mismo tema.
**porque havia sempre pelo menos dois membros da família
em casa**
Porque siempre había al menos dos miembros de la familia en
casa.
porque ninguém queria ficar sozinho em casa
Porque nadie quería quedarse solo en casa
e você não podia sair do apartamento completamente
y no pudiste salir del apartamento por completo
**Logo no primeiro dia, a empregada implorou à mãe, de
joelhos, que a dispensasse imediatamente**
El primer día, la criada le rogó de rodillas a su madre que la
despidiera inmediatamente.
**Não ficou totalmente claro o que e quanto ela sabia sobre o
que tinha acontecido**
No estaba del todo claro qué y cuánto sabía ella sobre lo que
había sucedido.
**E quando se despediu, um quarto de hora depois, agradeceu
a libertação com lágrimas**
Y cuando se despidió un cuarto de hora después, agradeció la
liberación con lágrimas.
foi como o maior favor que lhe tinha sido mostrado aqui
Fue como el mayor favor que le habían mostrado aquí.

e ela fez, sem ser solicitada a fazê-lo, um juramento terrível de não revelar a menor coisa a ninguém
y ella hizo, sin que se lo pidieran, un terrible juramento de no revelar la más mínima cosa a nadie.
Agora, a irmã tinha que cozinhar junto com a mãe
Ahora la hermana tenía que cocinar junto con su madre.
No entanto, isso não foi muito problemático, porque eles não comeram quase nada
Sin embargo, esto no fue un gran problema, porque no comieron casi nada.
Uma e outra vez, Gregor ouviu como uma pessoa pediu à outra para comer em vão e não recebeu outra resposta
Gregorio escuchó una y otra vez cómo uno le pedía a otro que comiera en vano y no recibía otra respuesta.
»Obrigado, eu tenho o suficiente«, ou algo semelhante
«Gracias, ya tengo suficiente», o algo similar
Talvez nada estivesse bêbado também
Quizás tampoco se bebió nada
A irmã perguntava muitas vezes ao pai se ele queria cerveja
La hermana a menudo le preguntaba a su padre si quería cerveza.
e ela calorosamente ofereceu-se para buscar a cerveja ela mesma
Y ella se ofreció calurosamente a ir a buscar la cerveza ella misma.
e quando o pai permaneceu em silêncio, ela disse, a fim de tirar qualquer dúvida dele, que ela também poderia enviar a empregada
y como el padre permanecía callado, ella dijo, para quitarle cualquier duda, que también podía enviar a la criada.
mas então o pai finalmente disse um grande "não"
Pero entonces el padre finalmente dijo un gran "No".
e já não se falava disso
y ya no se habló de ello
Já no primeiro dia, o pai explicou toda a situação financeira e perspetivas tanto para a mãe quanto para a irmã
Ya durante el primer día, el padre explicó toda la situación

financiera y las perspectivas tanto a la madre como a la hermana.

De vez em quando, levantava-se da mesa e buscava algum recibo ou algum livro de notas na sua pequena caixa de dinheiro

De vez en cuando se levantaba de la mesa y sacaba algún recibo o algún libro de notas de su pequeña caja registradora.

a caixa registadora que tinha guardado do colapso do seu negócio há cinco anos

La caja registradora que había salvado del colapso de su negocio hace cinco años.

Pode-se ouvi-lo desbloqueando a fechadura complicada e, em seguida, bloqueando-a novamente depois de retirar o objeto

Se le podía escuchar desbloqueando la complicada cerradura y luego volviéndola a bloquear después de sacar el objeto.

Essas explicações de seu pai foram, em parte, as primeiras coisas agradáveis que Gregor ouviu desde sua prisão

Estas explicaciones de su padre fueron en parte las primeras cosas agradables que Gregor había escuchado desde su encarcelamiento.

Tinha sido da opinião de que o seu pai não tinha ficado com nada desse negócio

Había opinado que su padre no había quedado con nada de ese negocio.

pelo menos o pai não lhe tinha dito o contrário

Al menos su padre no le había dicho lo contrario.

e Gregor, no entanto, não lhe tinha perguntado sobre isso

Y Gregor, sin embargo, no le había preguntado sobre ello.

A única preocupação de Gregor na época era fazer tudo o que pudesse para que a família esquecesse o infortúnio do negócio o mais rápido possível

La única preocupación de Gregor en ese momento era hacer todo lo posible para que la familia olvidara la desgracia empresarial lo más rápido posible.

o infortúnio empresarial que levara todos à completa desesperança

La desgracia empresarial que había llevado a todos a la más absoluta desesperanza.

E assim ele começou a trabalhar com um incêndio muito especial

Y así empezó a trabajar con un fuego muy especial.

e tornara-se viajante quase de um dia para o outro, de um pequeno escrivão;

y de un pequeño oficinista se había convertido en un viajero casi de la noche a la mañana.

Como viajante, ele naturalmente teve oportunidades completamente diferentes de ganhar dinheiro

Como viajero, naturalmente tenía oportunidades completamente diferentes de ganar dinero.

Os resultados do trabalho poderiam ser imediatamente convertidos em dinheiro sob a forma de comissão

Los resultados del trabajo podrían convertirse inmediatamente en efectivo en forma de comisión.

Ele foi capaz de colocar o dinheiro na mesa da família espantada e feliz em casa

Pudo poner el dinero sobre la mesa de la asombrada y feliz familia en casa.

Foram bons momentos

Aquellos eran buenos tiempos

Nunca mais estes belos tempos se tinham repetido, pelo menos neste esplendor

Nunca más se habían repetido estos hermosos tiempos, al menos en este esplendor.

As pessoas tinham acabado de se acostumar com esses bons momentos, tanto a família quanto Gregor

La gente ya se había acostumbrado a estos buenos tiempos, tanto la familia como Gregor.

O dinheiro foi aceite com gratidão e ele entregou-o de bom grado

El dinero fue aceptado con gratitud y él lo entregó con mucho gusto.

mas um calor especial já não queria emergir

Pero un calor especial ya no quería surgir.

Apenas sua irmã permaneceu próxima de Gregor

Sólo su hermana permaneció cerca de Gregor.

Ao contrário de Gregor, ela amava muito a música

A diferencia de Gregor, a ella le encantaba mucho la música.

e sabia tocar violino de forma tocante

y sabía tocar el violín conmovedoramente

Era seu plano secreto enviar sua irmã para a escola de música no próximo ano

Su plan secreto era enviar a su hermana a la escuela de música el próximo año.

sem considerar os enormes custos que isso implicaria

Sin tener en cuenta los enormes costes que ello implicaría

os custos que, de alguma forma, seriam cobertos por outros meios

los costos que de alguna manera se cubrirían por otros medios

Durante as curtas estadias de Gregor na cidade, a escola de música foi frequentemente mencionada em conversas com sua irmã

Durante las cortas estancias de Gregor en la ciudad, la escuela de música se mencionaba a menudo en las conversaciones con su hermana.

mas sempre foi mencionado como um belo sonho, cuja realização estava fora de questão

Pero siempre se mencionó como un hermoso sueño, cuya realización estaba fuera de cuestión.

e os pais nem gostaram de ouvir essas menções inocentes

Y a los padres ni siquiera les gustaba oír estas inocentes menciones.

mas Gregor pensou muito firmemente sobre isso e pretendia declará-lo solenemente na véspera de Natal

Pero Gregor pensó mucho en ello y quiso declararlo solemnemente en la víspera de Navidad.

Tais pensamentos, bastante inúteis em seu estado atual, passaram por sua cabeça

Tales pensamientos, bastante inútiles en su estado actual, pasaron por su cabeza.

enquanto ele estava ali na porta e ouvia

Mientras él estaba allí en la puerta y escuchaba

Por vezes, já não conseguia ouvir por causa do cansaço geral

A veces ya no podía escuchar por el cansancio general.

e deixou a cabeça bater descuidadamente na porta

y dejó que su cabeza golpeara la puerta sin cuidado

mas ele imediatamente segurou a cabeça novamente

pero inmediatamente volvió a sujetar su cabeza

porque até o pequeno barulho que ele tinha causado foi ouvido ao lado

Porque incluso el pequeño ruido que había causado se escuchó en la puerta de al lado.

e o barulho silenciara a todos

Y el ruido había silenciado a todos.

»O que ele está fazendo agora,« disse o pai depois de um tempo, obviamente virando-se para a porta

«¿Qué está haciendo ahora?», dijo el padre después de un rato, volviéndose obviamente hacia la puerta.

e só então a conversa interrompida foi gradualmente retomada

Y sólo entonces la conversación interrumpida se reanudó gradualmente.

Gregor agora aprendeu que, apesar de todo o infortúnio, uma fortuna muito pequena dos velhos tempos ainda estava lá

Gregor ahora se enteró de que a pesar de todas las desgracias, todavía quedaba allí una pequeña fortuna de los viejos tiempos.

Porque o Pai repetia-se muitas vezes nas suas explicações:

Porque el padre se repetía a menudo en sus explicaciones:

em parte porque ele próprio não lidava com estas coisas há muito tempo

En parte porque él mismo no se había ocupado de estas cosas durante mucho tiempo.

em parte porque a mãe não entendeu tudo da primeira vez

En parte porque la madre no entendió todo la primera vez.

Entretanto, as taxas de juro intocadas tinham aumentado um pouco

Mientras tanto, los tipos de interés intactos habían aumentado un poco.

Além disso, o dinheiro que Gregor trazia para casa todos os meses não tinha sido completamente utilizado

Además, el dinero que Gregor traía a casa cada mes no se había gastado en su totalidad.

ele próprio só tinha guardado alguns florins para si

Él mismo sólo se había quedado con unos pocos florines.

e o dinheiro tinha acumulado para um pequeno capital

y el dinero se había acumulado en un pequeño capital

Gregor, atrás de sua porta, assentiu ansiosamente, satisfeito com essa inesperada cautela e frugalidade

Gregor, detrás de su puerta, asintió con entusiasmo, complacido por esta inesperada cautela y frugalidad.

Na verdade, ele poderia ter usado esses fundos excedentes para pagar a dívida de seu pai com seu chefe

En realidad, podría haber utilizado estos fondos excedentes para pagar la deuda de su padre con su jefe.

e o dia em que ele poderia ter se livrado desse posto teria sido muito mais próximo

Y el día en que pudiera deshacerse de ese puesto habría estado mucho más cerca.

mas agora era sem dúvida melhor do jeito que o pai tinha arranjado

Pero ahora sin duda era mejor como lo había dispuesto el padre.

Mas esse dinheiro não foi suficiente para deixar a família viver dos juros

Pero este dinero no era suficiente para que la familia pudiera vivir de los intereses.

talvez fosse suficiente para sustentar a família durante um ou dois anos, no máximo, mas era tudo

Tal vez fuera suficiente para mantener a la familia durante uno o dos años como máximo, pero eso era todo.

Portanto, tratava-se apenas de uma quantia que não podia ser tocada

Así que era simplemente una suma que en realidad no se

permitía tocar.

um montante que teve de ser reservado para situações de emergência

una suma que debía reservarse para emergencias

Mas você tinha que ganhar o dinheiro para viver

Pero había que ganar el dinero para vivir.

Ora, o pai era um homem saudável, mas velho, que não trabalhava há cinco anos

Ahora bien, el padre era un hombre sano pero anciano que no había trabajado durante cinco años.

mas um velho que certamente não tinha muita confiança em si mesmo

Pero un anciano que ciertamente no tenía mucha confianza en sí mismo.

Ele tinha engordado muito nesses cinco anos

Había engordado mucho en estos cinco años.

Foi o primeiro feriado de sua árdua e ainda sem sucesso

Fueron las primeras vacaciones de su ardua y sin embargo infructuosa vida.

e tornara-se bastante desajeitado

y se había vuelto bastante torpe

E a velha mãe agora talvez devesse ganhar dinheiro?

¿Y la anciana madre debería ahora quizás ganar dinero?

A velha mãe que sofria de asma?

¿La anciana madre que sufría de asma?

a caminhada pelo apartamento já lhe causava tensão

El paseo por el apartamento ya le causó tensión.

a velha mãe que passava dias alternados no sofá junto à janela aberta com dificuldade em respirar?

¿La anciana madre que pasaba todos los días en el sofá junto a la ventana abierta con dificultad para respirar?

E a irmã deve ganhar dinheiro?

¿Y la hermana debe ganar dinero?

a irmã que ainda era uma criança aos dezessete anos

La hermana que todavía era una niña a los diecisiete años.

Ela sabia que seu modo de vida anterior era muito invejável

Ella sabía que su forma de vida anterior era muy envidiable.

Seu modo de vida anterior consistia em vestir-se bem, dormir tarde e ajudar na casa

Su forma de vida anterior consistía en vestirse bien, dormir hasta tarde y ayudar en la casa.

a irmã que tinha apenas alguns prazeres modestos?

¿La hermana que sólo tuvo unos pocos placeres modestos?

A irmã que gostava mais de tocar violino?

¿La hermana a quien le gustaba principalmente tocar el violín?

Quando a conversa se virou para essa necessidade de ganhar dinheiro, Gregor foi sempre o primeiro a largar a porta

Cuando la conversación giraba en torno a esa necesidad de ganar dinero, Gregor siempre era el primero en abrir la puerta.

e atirou-se para o sofá de couro fresco ao lado da porta

y se dejó caer en el fresco sofá de cuero junto a la puerta.

porque ele estava quente de vergonha e tristeza

porque estaba ardiendo de vergüenza y de dolor

Ele muitas vezes ficou lá a noite toda

A menudo se quedaba allí acostado toda la noche.

Ele não dormiu por um momento e apenas arranhou o couro por horas

No durmió ni un momento y se limitó a rascarse el cuero durante horas.

Ou não se furtou ao grande esforço de empurrar uma poltrona para a janela

O no rehuyó el gran esfuerzo de empujar un sillón hasta la ventana.

Ele rastejou até o parapeito da janela e, apoiado na poltrona, encostou-se na janela

Se arrastró hasta el alféizar de la ventana y, apoyado en el sillón, se apoyó contra la ventana.

Aparentemente apenas para encontrar algo libertador em alguma memória

Aparentemente sólo para encontrar algo liberador en algún recuerdo.

a sensação libertadora que ele havia encontrado anteriormente ao olhar pela janela

La sensación liberadora que había encontrado anteriormente

al mirar por la ventana.

**Na verdade, de dia para dia ele via coisas que estavam até
um pouco distantes cada vez mais indistintamente**

De hecho, día tras día veía cosas que estaban incluso un poco
lejanas cada vez más confusas.

**o hospital oposto, cuja visão muito frequente ele já havia
amaldiçoado anteriormente**

El hospital de enfrente, cuya presencia tan frecuente había
maldecido anteriormente.

ele não conseguia mais ver o hospital

Ya no podía ver el hospital

**e se ele não soubesse exatamente que vivia na pacata mas
completamente urbana Charlottenstrasse, ele poderia ter
pensado que estava olhando pela janela para uma área
deserta**

Y si no hubiera sabido exactamente que vivía en la tranquila
pero completamente urbana Charlottenstrasse, podría haber
pensado que estaba mirando por su ventana hacia una zona
desierta.

**um terreno baldio em que o céu cinzento e a terra cinzenta se
fundiram indistintamente**

Un páramo en el que el cielo gris y la tierra gris se fundían de
manera indistinguible.

**Só por duas vezes a irmã atenciosa reparou que a cadeira
estava junto à janela**

Sólo dos veces la atenta hermana se dio cuenta de que la silla
estaba junto a la ventana.

**Depois de arrumar a sala, empurrou a cadeira de volta para a
janela**

Después de ordenar la habitación, empujó la silla hacia la
ventana.

**e a partir de agora ela ainda deixou a faixa da janela interna
aberta**

Y desde entonces incluso dejó abierta la ventana interior.

**Se ao menos Gregor pudesse ter falado com sua irmã e
agradecido por tudo**

Ojalá Gregor hubiera podido hablar con su hermana y

agradecerle por todo.

então ele teria tolerado seus serviços mais facilmente

Entonces habría tolerado más fácilmente sus servicios.

mas, como era, ele só sofria com isso

Pero tal como estaban las cosas, él sólo sufrió por ello.

A irmã, claro, tentou borrar o constrangimento da coisa toda o máximo possível

La hermana, por supuesto, intentó disimular lo más posible la vergüenza de todo el asunto.

e quanto mais tempo passava, melhor ela conseguia, é claro

Y cuanto más tiempo pasaba, más éxito le daba, por supuesto.

mas Gregor também viu tudo muito mais claramente ao longo do tempo

Pero Gregor también vio todo mucho más claramente con el tiempo.

Até a entrada dela no quarto dele foi terrível para ele

Incluso su entrada a su habitación fue terrible para él.

Assim que entrou, correu direto para a janela, sem ter tempo de fechar a porta

Tan pronto como entró, corrió directamente a la ventana sin tomarse el tiempo de cerrar la puerta.

tanto quanto ela cuidou de poupar a todos a visão do quarto de Gregor

Por mucho que se preocupara de evitar que todos vieran la habitación de Gregor.

e ela rasgou a janela com as mãos apressadas, como se estivesse quase sufocando

Y abrió la ventana con manos apresuradas, como si estuviera a punto de asfixiarse.

e ela ficou na janela por um tempo, mesmo estando tão frio, e respirou profundamente

y se quedó un rato en la ventana, aunque hacía mucho frío, y respiró profundamente.

Com essa correria e barulho, ela assustava Gregor duas vezes por dia

Con este correr y este ruido asustaba a Gregorio dos veces al día.

o tempo todo ele estava tremendo debaixo do sofá

Todo el tiempo estuvo temblando debajo del sofá.

e ele sabia muito bem que ela certamente o teria poupado de bom grado

y él sabía muy bien que ella seguramente lo habría perdonado con mucho gusto.

se ao menos ela tivesse sido capaz de ficar em um quarto onde Gregor estava com a janela fechada

Ojalá hubiera podido quedarse en una habitación donde estaba Gregor con la ventana cerrada.

Uma vez ela veio um pouco mais cedo do que o habitual

Una vez llegó un poco antes de lo habitual.

Provavelmente tinha passado um mês desde a transformação de Gregor

Probablemente había pasado un mes desde la transformación de Gregor.

e já não havia nenhuma razão especial para a irmã ficar espantada com a aparência de Gregor

Y ya no había ningún motivo especial para que la hermana se sorprendiera por la aparición de Gregor.

e ela encontrou Gregor, imóvel e com um humor assustador, olhando pela janela

Y encontró a Gregor, inmóvil y de un humor aterrador, mirando por la ventana.

Não teria sido inesperado para Gregor se ela não tivesse entrado

No habría sido inesperado para Gregor si ella no hubiera entrado.

porque a sua posição a impedia de abrir a janela imediatamente

porque su posición le impedía abrir la ventana inmediatamente

mas não só não entrou, como até recuou e fechou a porta

Pero no sólo no entró, sino que incluso retrocedió y cerró la puerta.

um estranho poderia ter pensado que Gregor estava esperando por ela e queria mordê-la

Un extraño podría haber pensado que Gregor la acechaba y
quería morderla.

Gregor, claro, escondeu-se imediatamente debaixo do sofá

Gregor, por supuesto, se escondió inmediatamente debajo del
sofá.

**mas ele teve que esperar até o meio-dia antes de sua irmã
voltar**

Pero tuvo que esperar hasta el mediodía antes de que su
hermana regresara.

e ela parecia muito mais inquieta do que o habitual

y parecía mucho más inquieta de lo habitual

Ele percebeu que a visão dele ainda era insuportável para ela

Se dio cuenta de que verlo todavía era insoportable para ella.

**e ele também percebeu que a visão dele permaneceria
insuportável para ela**

Y también se dio cuenta de que verlo seguiría siendo
insoportable para ella.

**ela teve que se superar para não fugir da visão de uma
pequena parte de seu corpo**

Ella tuvo que hacer un gran esfuerzo para no huir de la vista
de ni siquiera una pequeña parte de su cuerpo.

a visão de seu corpo ligeiramente saliente do sofá

La vista de su cuerpo sobresaliendo ligeramente del sofá.

**Para poupá-la dessa visão, um dia ele carregou o lençol nas
costas para o sofá**

Para ahorrarle ese espectáculo, un día llevó la sábana sobre su
espalda hasta el sofá.

**e arranjou o lençol de tal forma que estava agora
completamente escondido**

y dispuso la sábana de tal manera que ahora estaba
completamente oculto

**de modo que a irmã, mesmo que se curvasse, não pudesse
vê-lo**

de modo que la hermana, aunque se agachara, no pudiera
verlo

Demorou quatro horas a concluir este trabalho

Le tomó cuatro horas completar este trabajo.

Se ela não achasse que essa folha era necessária, poderia tê-la removido

Si no creyera que esta hoja era necesaria, podría haberla quitado.

Era suficientemente claro que não poderia ser do agrado de Gregor fechar-se tão completamente

Estaba claro que Gregor no podía disfrutar encerrándose tan completamente en sí mismo.

mas ela deixou o lençol como estava

pero dejó la sábana como estaba

e Gregor até pensou que tinha captado um olhar grato

Y Gregor incluso creyó haber captado una mirada agradecida.

quando uma vez levantou suavemente o lençol um pouco com a cabeça

Cuando una vez levantó suavemente la sábana un poco con la cabeza

para ver como a irmã reagiu ao novo arranjo

para ver cómo reaccionó la hermana al nuevo arreglo

Durante os primeiros catorze dias, os pais não puderam vir vê-lo

Durante los primeros catorce días, los padres no pudieron animarse a venir a verlo.

e ouvia-os muitas vezes reconhecendo plenamente o trabalho atual da irmã;

y a menudo los escuchaba reconocer plenamente el trabajo actual de la hermana.

mesmo que muitas vezes tivessem se irritado com a irmã

A pesar de que a menudo se habían enfadado con su hermana.

porque lhes parecera uma rapariga um tanto inútil

porque les había parecido una muchacha algo inútil

Mas agora tanto o pai como a mãe esperavam muitas vezes do lado de fora do quarto de Gregor

Pero ahora tanto el padre como la madre esperaban a menudo fuera de la habitación de Gregor.

enquanto a irmã estava limpando

Mientras la hermana estaba limpiando

e assim que ela saiu, ela teve que dizer exatamente como era

o quarto

Y tan pronto como salió, tuvo que decir exactamente cómo era la habitación.

»O que Gregor comeu?«

»¿Qué comió Gregorio?«

»Como ele se comportou desta vez?«

»¿Cómo se comportó esta vez?»

»Houve talvez uma ligeira melhoria a notar?«

«¿Quizás se notó una ligera mejoría?»

A mãe, aliás, queria visitar Gregor relativamente cedo

Por cierto, la madre quería visitar a Gregor relativamente pronto.

mas o pai e a irmã inicialmente a seguraram com razões racionais

Pero su padre y su hermana inicialmente la frenaron con razones racionales.

razões que Gregor ouviu com muita atenção e que ele aprovou plenamente

Razones que Gregor escuchó con mucha atención y que aprobó plenamente.

Mais tarde, porém, tiveram de ser retidos à força

Más tarde, sin embargo, tuvieron que ser retenidos por la fuerza.

»Deixe-me ir para Gregor, ele é meu filho infeliz!«

«¡Déjame ir con Gregor, es mi desdichado hijo!»

Você não entende que eu tenho que ir até ele?

¿No entiendes que tengo que ir a verlo?

então Gregor pensou que talvez fosse bom se sua mãe entrasse

Entonces Gregor pensó que quizás sería bueno que su madre viniera.

Não todos os dias, claro, mas talvez uma vez por semana

No todos los días, por supuesto, pero quizás una vez a la semana.

ela entendia tudo muito melhor do que sua irmã

Ella entendía todo mucho mejor que su hermana.

a irmã que, apesar de toda a sua coragem, ainda era apenas

uma criança

La hermana que, a pesar de todo su coraje, era todavía sólo una niña.

e, em última análise, ela pode ter empreendido uma tarefa tão difícil apenas por imprudência infantil

y, en última instancia, es posible que haya asumido una tarea tan difícil sólo por imprudencia infantil.

O desejo de Gregor de ver sua mãe logo se tornou realidade

El deseo de Gregor de ver a su madre pronto se hizo realidad.

Durante o dia, Gregor não quis mostrar-se à janela por consideração aos pais

Durante el día, Gregor no quería asomarse a la ventana por consideración a sus padres.

Ele não conseguia rastejar muito nos poucos metros quadrados de chão

No podía arrastrarse mucho por los pocos metros cuadrados de suelo.

Tinha dificuldade em ficar parado durante a noite

Le resultaba difícil permanecer quieto durante la noche.

Comer já não lhe dava o menor prazer

Comer ya no le producía el más mínimo placer.

e assim, para se distrair, ele adquiriu o hábito de rastejar de um lado para o outro através de paredes e tetos

Y así, para distraerse, tomó la costumbre de arrastrarse de un lado a otro por las paredes y los techos.

Ele gostava especialmente de pendurar no teto

Le gustaba especialmente colgarlo en el techo.

era completamente diferente do que deitar no chão

Fue completamente diferente a estar tirado en el suelo.

respirou mais livremente; Uma ligeira vibração atravessou o seu corpo

Respiraste más libremente; una ligera vibración recorrió tu cuerpo.

e na distração quase feliz em que Gregor se encontrava lá em cima, poderia acontecer que, para sua própria surpresa, ele se soltasse e batesse no chão

Y en la casi feliz distracción en la que se encontraba Gregor allí arriba, podía suceder que, para su propia sorpresa, se soltara y cayera al suelo.

Mas agora, é claro, ele tinha controle sobre seu corpo de uma maneira completamente diferente do que antes

Pero ahora, por supuesto, tenía control sobre su cuerpo de una manera completamente diferente a la anterior.

e ele não se danificou em uma queda tão grande

y no se hizo daño en una caída tan fuerte

A irmã imediatamente notou o novo entretenimento que Gregor havia encontrado para si mesmo

La hermana se dio cuenta inmediatamente del nuevo entretenimiento que Gregor había encontrado para sí mismo.

Ele também deixou vestígios de seu adesivo aqui e ali enquanto engatinhava

También dejó rastros de su adhesivo aquí y allá mientras se arrastraba.

e então ela levou isso em sua cabeça para permitir que Gregor rastejasse ao máximo

Y entonces se le metió en la cabeza permitir que Gregor pudiera gatear lo máximo posible.

e ela decidiu retirar os móveis que impediam seus movimentos.

y decidió quitar los muebles que impedían sus movimientos

especialmente a caixa e a mesa

especialmente la caja y el escritorio

Mas é claro que ela não foi capaz de fazer isso sozinha

Pero por supuesto, ella no podía hacerlo sola.

Não se atreveu a pedir ajuda ao pai

Ella no se atrevió a pedirle ayuda a su padre.

a empregada certamente não a teria ajudado

La criada seguramente no la habría ayudado.

porque esta rapariga, com cerca de dezasseis anos, trabalhava corajosamente desde o despedimento do ex-cozinheiro

porque esta muchacha, de unos dieciséis años, había estado trabajando valientemente desde el despido del ex cocinero

mas ela pedira o privilégio de poder manter a cozinha

trancada o tempo todo
Pero ella había pedido el privilegio de que se le permitiera mantener la cocina cerrada en todo momento.
e ela pediu para abrir apenas em chamada especial
y pidió abrir solo en llamadas especiales
Assim, a irmã não teve escolha a não ser buscar a mãe na ausência do pai
Así que la hermana no tuvo más remedio que ir a buscar a su madre en ausencia de su padre.
Com gritos de alegria empolgada, a mãe também veio
Con gritos de emocionada alegría llegó también la madre.
mas calou-se à porta do quarto de Gregor
Pero ella se quedó en silencio en la puerta de la habitación de Gregor.
Primeiro, claro, a irmã verificou se tudo no quarto estava bem
Primero, por supuesto, la hermana comprobó que todo en la habitación estaba bien.
só então deixou a mãe entrar
Sólo entonces dejó entrar a su madre.
Gregor puxou apressadamente o lençol mais fundo e em mais dobras
Gregor había tirado apresuradamente de la sábana más profundamente y en más pliegues.
A coisa toda realmente parecia apenas um lençol jogado aleatoriamente sobre o sofá
Todo esto realmente parecía una sábana tirada al azar sobre el sofá.
Gregor também se absteve de espionar sob a folha
Gregor también se abstuvo de espiar bajo la sábana.
Decidiu não ver a mãe desta vez
decidió no ver a su madre esta vez
e ele estava apenas feliz por ela ter vindo, afinal
Y él estaba contento de que ella hubiera venido después de todo.
Vamos lá, você não pode vê-lo, disse a irmã
Vamos, no puedes verlo, dijo la hermana.

e, aparentemente, ela levou a mãe pela mão
y aparentemente llevaba a su madre de la mano
**Gregor agora ouviu as duas mulheres fracas movendo a
pesada caixa velha de seu lugar**
Gregor ahora oyó a las dos débiles mujeres mover la vieja y
pesada caja de su lugar.
**e ouviu como a irmã sempre reivindicou a maior parte do
trabalho para si**
y escuchó cómo la hermana siempre reclamaba la mayor parte
del trabajo para ella.
**Fê-lo sem ouvir os avisos da mãe, que temia que ela se
esforçasse em excesso**
Ella hizo esto sin escuchar las advertencias de su madre, quien
temía que se esforzara demasiado.
Demorou muito tempo
Tomó mucho tiempo
**Após cerca de quinze minutos de trabalho, a mãe disse que
seria melhor deixar a caixa aqui**
Después de unos quince minutos de trabajo, la madre dijo que
sería mejor dejar la caja aquí.
porque, em primeiro lugar, a caixa é demasiado pesada
Porque en primer lugar la caja es demasiado pesada.
eles não terminariam antes que o pai chegasse
No terminarían antes de que llegara el padre.
**e eles usavam a caixa no meio da sala para bloquear todos os
caminhos de Gregor**
Y usarían la caja en el medio de la habitación para bloquear
todos los caminos de Gregor.
**Em segundo lugar, não é de todo certo que Gregor estivesse
a fazer um favor a si próprio ao retirar os móveis**
En segundo lugar, no es del todo seguro que Gregor se hiciera
un favor a sí mismo al retirar los muebles.
Parece ser o contrário
Parece que ocurre lo contrario.
A visão da parede vazia quase pesou em seu coração
La visión de la pared vacía casi le pesaba en el corazón.
e por que Gregor também não deveria ter essa sensação?

¿Y por qué no debería Gregor tener también este sentimiento?
**uma vez que ele já está acostumado com os móveis da sala e,
portanto, se sentirá abandonado na sala vazia**
ya que ya está acostumbrado a los muebles de la habitación y
por lo tanto se sentirá abandonado en la habitación vacía
**»E não é assim,« concluiu a mãe muito baixinho, enquanto
quase sussurrava**
-¿Y no es así? -concluyó la madre en voz muy baja, casi
susurrando-.
**como se quisesse evitar Gregor, cujo paradeiro exato
desconhecia, mesmo ouvindo o som da voz**
Como si quisiera evitar a Gregor, cuyo paradero exacto no
conocía, ni siquiera oyendo el sonido de la voz.
**porque ela estava convencida de que ele não entendia as
palavras**
porque estaba convencida de que él no entendía las palabras
**E não é como se, ao retirar os móveis, estivéssemos a mostrar
que estávamos a perder toda a esperança de melhoria?**
¿Y no es como si al quitar los muebles estuviéramos
demostrando que renunciamos a toda esperanza de mejora?
**»Não parece que estamos a deixá-lo imprudentemente à sua
própria sorte?«**
»¿No te parece como si estuviéramos dejándolo librado a sus
propios recursos de manera imprudente?
**»Acho que seria melhor se tentássemos manter o quarto
exatamente como era antes«**
»Creo que lo mejor sería que intentáramos mantener la
habitación exactamente como estaba antes«
**»para que quando Gregor voltar para nós, ele encontrará
tudo inalterado«**
»Para que cuando Gregorio regrese con nosotros, encuentre
todo igual.»
**»para que possa esquecer mais facilmente o período
intercalar«**
»para que pueda olvidar más fácilmente el período
intermedio«
Quando Gregor ouviu estas palavras de sua mãe, ele

percebeu algo

Cuando Gregor escuchó estas palabras de su madre, se dio cuenta de algo.

Ao longo destes dois meses, a sua mente tornara-se confusa

En el transcurso de estos dos meses su mente se había vuelto confusa.

a falta de qualquer contacto humano direto

la falta de cualquier contacto humano directo

associada à vida monótona no meio da família

asociado a la vida monótona en el seno de la familia

pois não podia explicar de outro modo como poderia ter exigido seriamente que o seu quarto fosse esvaziado

Porque de otra manera no podía explicar cómo pudo haber exigido seriamente que se vaciara su habitación.

Será que ele realmente queria que o quarto quente, confortavelmente mobiliado com móveis herdados, se transformasse em uma caverna?

¿Realmente quería que aquella cálida habitación, cómodamente amueblada con muebles heredados, se convirtiera en una cueva?

uma caverna na qual ele podia rastejar em todas as direções sem ser perturbado

Una cueva en la que podía arrastrarse en todas direcciones sin ser molestado.

mas isto sob simultâneo, rápido, completo esquecimento do seu passado humano

Pero esto bajo un olvido simultáneo, rápido y completo de su pasado humano.

Ele já estava perto do esquecimento?

¿Estaba ya cerca de olvidar?

só a voz da mãe, que há muito não ouvia, o abalara

Sólo la voz de su madre, que hacía tiempo que no oía, lo había sacudido.

Nada deveria ser removido, tudo tinha que ficar

No se debía quitar nada, todo debía permanecer.

Ele não poderia prescindir dos efeitos positivos dos móveis sobre sua condição

No podía prescindir de los efectos positivos que los muebles tenían sobre su estado.

e se os móveis o impediam de fazer o rastejar sem sentido, não fazia mal nenhum

Y si los muebles le impedían arrastrarse sin sentido, no había problema.

em vez disso, foi uma grande vantagem

En cambio, fue una gran ventaja

Mas infelizmente a irmã tinha uma opinião diferente

Pero lamentablemente la hermana tenía una opinión diferente.

ela tinha o hábito de agir como uma especialista especial ao discutir os desejos de Gregor com seus pais

Ella había adquirido el hábito de actuar como una experta especial cuando discutía los deseos de Gregor con sus padres.

no entanto, não era totalmente injustificada neste caso

Sin embargo, aquí no estaba del todo injustificado.

e então agora o conselho da mãe foi motivo suficiente para a irmã insistir na remoção

Y ahora el consejo de la madre era razón suficiente para que la hermana insistiera en la remoción.

mas não só a remoção da caixa e da secretária, mas também de todo o mobiliário

pero no solo el retiro de la caja y el escritorio, sino también todos los muebles

com exceção do indispensável sofá

con excepción del indispensable sofá

Claro que não foi apenas o desafio infantil que a fez fazer esta exigência

Por supuesto, no fue sólo un desafío infantil lo que la llevó a hacer esta demanda.

não era a sua autoconfiança recém-adquirida, tão inesperada e duramente conquistada

No fue su confianza en sí misma recientemente adquirida, tan inesperada y difícil de conseguir.

ela realmente observou que Gregor precisava de muito espaço para rastejar

De hecho, había observado que Gregor necesitaba mucho

espacio para gatear.

Por outro lado, o mobiliário, tanto quanto se podia ver, não era minimamente utilizável

Por otra parte, los muebles, hasta donde se podía ver, no eran en absoluto utilizables.

Mas talvez o espírito romântico das raparigas da sua idade também tenha desempenhado um papel

Pero quizás el espíritu romántico de las chicas de su edad también jugó un papel.

o desejo que busca satisfação a cada oportunidade para tornar a situação de Gregor ainda mais aterrorizante

El deseo que busca satisfacción en cada oportunidad para hacer aún más aterradora la situación de Gregor.

para poder fazer ainda mais por ele do que ela tinha feito até agora

para poder hacer aún más por él de lo que había hecho hasta ahora

o espírito entusiástico através do qual Grete agora se deixou seduzir

El espíritu entusiasta con el que Grete ahora se dejó seducir

Porque numa sala onde Gregor dominava sozinho as paredes vazias, ninguém, exceto Grete, ousaria entrar

Porque en una habitación donde sólo Gregor dominaba las paredes vacías, nadie excepto Grete se atrevería a entrar.

E por isso não deixou que a mãe a dissuadisse da sua decisão

Y así no dejó que su madre la disuadiera de su decisión.

Bem, Gregor ainda poderia ficar sem a caixa em uma emergência

Bueno, Gregor todavía podría prescindir de la caja en caso de emergencia.

mas a mesa tinha que ficar

pero el escritorio tuvo que quedarse

E as mulheres mal tinham saído da sala com a caixa quando Gregor cutucou a cabeça debaixo do sofá

Y apenas las mujeres habían salido de la habitación con la caja cuando Gregor asomó la cabeza por debajo del sofá.

para ver como ele poderia intervir com cuidado e da forma

mais atenciosa possível
para ver cómo podría intervenir con el mayor cuidado y
consideración posible
Mas infelizmente foi a mãe que voltou primeiro
Pero desafortunadamente fue la madre quien regresó primero.
enquanto Grete segurava a caixa na sala ao lado
Mientras Grete sostenía la caja en la habitación de al lado.
**Ela girou a caixa para frente e para trás sozinha, sem movê-la
de seu lugar, é claro**
Ella balanceaba la caja de un lado a otro sola, sin moverla de
su lugar, por supuesto.
**Mas a mãe não estava acostumada a ver Gregor, ele poderia
tê-la feito doente**
Pero la madre no estaba acostumbrada a ver a Gregor, podría
haberla enfermado.
**e assim Gregor correu para trás, assustado, para a outra
extremidade do sofá**
Y entonces Gregor, asustado, corrió hacia atrás hasta el otro
extremo del sofá.
**mas já não conseguia impedir que o lençol se movesse um
pouco à frente**
Pero ya no pudo evitar que la sábana se moviera un poco
hacia delante.
Foi o suficiente para chamar a atenção da mãe
Eso fue suficiente para llamar la atención de la madre.
**Ela fez uma pausa, ficou parada por um momento e depois
voltou para Grete**
Ella hizo una pausa, se quedó quieta por un momento y luego
regresó con Grete.
**Gregor continuou dizendo a si mesmo que nada de anormal
estava acontecendo**
Gregor se repetía una y otra vez que no estaba sucediendo
nada inusual.
São apenas algumas peças de mobiliário que foram movidas
Son solo algunos muebles que se han movido.
mas ele logo teve que admitir que isso o afetava
Pero pronto tuvo que admitir que sí le afectaba.

**este andar de um lado para o outro das mulheres, os seus
pequenos chamamentos, o arranhar dos móveis no chão**
Este ir y venir de las mujeres, sus pequeños llamados, el
rasguño de los muebles en el suelo.
como um grande tumulto alimentado por todos os lados
como una gran agitación alimentada por todos lados
**puxou a cabeça e as pernas para ele com a maior força
possível**
Tiró de su cabeza y piernas hacia él tan fuerte como pudo.
e pressionou o corpo no chão
y presionó el cuerpo contra el suelo
**e inevitavelmente ele disse a si mesmo que não seria capaz
de suportar isso por muito tempo**
Y, inevitablemente, se dijo a sí mismo que no podría soportar
esto por mucho tiempo.
Eles limparam seu quarto e levaram tudo o que ele amava
Vaciaron su habitación y se llevaron todo lo que amaba.
**Eles já tinham realizado a caixa contendo o quebra-cabeças e
outras ferramentas**
Ya habían sacado la caja que contenía la sierra caladora y otras
herramientas.
**Eles agora soltaram a mesa que já estava firmemente
enterrada no chão**
Ahora aflojaron el escritorio que ya estaba firmemente
enterrado en el suelo.
**a secretária em que tinha escrito os seus trabalhos como
licenciado em gestão e como estudante**
El escritorio en el que había escrito sus tareas como licenciado
en empresariales y como estudiante.
**Sim, mesmo como estudante do ensino primário ele
trabalhou nesta mesa**
Sí, incluso cuando era estudiante de primaria trabajó en este
escritorio.
ele realmente não teve tempo de verificar as boas intenções
Realmente no tuvo tiempo de comprobar las buenas
intenciones.
apesar de as duas mulheres terem realmente boas intenções

A pesar de que las dos mujeres realmente tenían buenas intenciones.

Quase esquecera a sua existência

Casi había olvidado su existencia.

porque eles já estavam trabalhando silenciosamente de exaustão

Porque ya estaban trabajando en silencio por el cansancio.

e só se podia ouvir o bater pesado dos seus pés

y solo se podía escuchar el fuerte golpeteo de sus pies

E assim ele irrompeu

Y así estalló

as mulheres estavam apoiadas na mesa na sala ao lado para recuperar o fôlego

Las mujeres se apoyaban en el escritorio de la habitación contigua para recuperar el aliento.

Ele mudou a direção de sua corrida quatro vezes

Cambió la dirección de su carrera cuatro veces

ele realmente não sabia o que salvar primeiro

Realmente no sabía qué salvar primero

Lá, ele viu a imagem da senhora vestida com peles pendurada visivelmente na parede vazia

Allí vio el retrato de la dama vestida con pieles colgado llamativamente en la pared por lo demás vacía.

Ele rapidamente rastejou e se pressionou contra o vidro

Se arrastró rápidamente y se apretó contra el cristal.

o copo que o segurava e confortava sua barriga quente

El vaso que lo sostenía y reconfortaba su vientre caliente.

Esta imagem, pelo menos, que Gregor agora cobriu completamente, certamente não seria tirada

Al menos este cuadro, que Gregor había tapado por completo, seguramente no sería quitado.

Ele virou a cabeça para a porta da sala para ver as mulheres voltarem

Giró la cabeza hacia la puerta de la sala de estar para ver a las mujeres regresar.

Não se tinham deixado descansar muito e voltaram

No se habían permitido mucho descanso y regresaron.

Grete tinha colocado o braço em volta da mãe e quase a carregava

Grete había puesto su brazo alrededor de su madre y casi la estaba cargando.

»Então, o que vamos levar agora?« disse Grete e olhou ao redor

«¿Qué nos llevamos ahora?», dijo Grete y miró a su alrededor.

Então seus olhos se encontraram com os de Gregor na parede

Entonces sus ojos se encontraron con los de Gregor en la pared.

Provavelmente foi apenas devido à presença de sua mãe que ela manteve sua compostura

Probablemente fue solo debido a la presencia de su madre que mantuvo la compostura.

Ela inclinou o rosto em direção à mãe para impedi-la de olhar ao redor

Inclinó la cara hacia su madre para evitar que mirara a su alrededor.

e ela disse, embora trêmula e impensada:

Y ella dijo, aunque temblorosa y desconsiderada:

Vamos lá, não deveríamos voltar para a sala de estar por um momento?

Vamos, ¿no deberíamos volver a la sala de estar por un momento?

A intenção de Grete era clara para Gregor

La intención de Grete estaba clara para Gregor.

ela queria trazer sua mãe para a segurança

Ella quería poner a su madre a salvo.

e então ela quis persegui-lo do muro

Y luego ella quiso perseguirlo desde la pared.

Bem, pelo menos ela poderia tentar!

Bueno, ¡al menos podría intentarlo!

Sentou-se na sua foto e não desistiu

Se sentó sobre su foto y no la abandonó.

Ele prefere pular na cara de Grete

Preferiría saltarle en la cara a Grete.

Mas as palavras de Grete preocuparam ainda mais a mãe

Pero las palabras de Grete preocuparon aún más a su madre.

Ela se afastou e viu a enorme mancha marrom no papel de parede florido

Ella se hizo a un lado y vio la enorme mancha marrón en el papel tapiz floreado.

Antes mesmo de perceber, ela gritou que era Gregor

Antes de darse cuenta, gritó que era Gregor.

numa voz rouca e gritante: "Oh Deus, oh Deus!"

con voz ronca y chillona: "¡Oh Dios, oh Dios!"

e caiu de braços estendidos, como se desistisse de tudo, sobre o sofá

y cayó con los brazos abiertos, como si lo entregara todo, sobre el sofá.

e depois não se mexeu

Y luego ella no se movió

»Você, Gregor!« gritou a irmã com punho erguido e olhares penetrantes

—¡Tú, Gregor! —gritó la hermana con el puño en alto y una mirada penetrante.

Estas foram as primeiras palavras que ela lhe falou diretamente desde a transformação

Éstas fueron las primeras palabras que le había dicho directamente desde la transformación.

Ela correu para o quarto ao lado para obter alguma essência com a qual pudesse acordar sua mãe de sua inconsciência

Corrió a la habitación de al lado para conseguir alguna esencia con la que pudiera despertar a su madre de su inconsciencia.

Gregor também queria ajudar

Gregor también quería ayudar.

Ainda houve tempo para salvar a imagem

Todavía había tiempo para salvar la imagen.

mas agarrou-se firmemente ao vidro e teve de se arrancar com força

Pero se quedó pegado al cristal y tuvo que apartarse con fuerza.

Ele então correu para o quarto ao lado como se pudesse dar alguns conselhos à irmã

Luego corrió a la habitación de al lado como si pudiera darle algún consejo a su hermana.

mas ele teve que ficar de braços cruzados atrás dela enquanto ela vasculhava várias garrafas

pero él tuvo que quedarse de brazos cruzados detrás de ella mientras ella hurgaba en varias botellas.

e ele ainda a assustou quando ela se virou

Y todavía la asustó cuando se dio la vuelta.

Uma garrafa caiu no chão e quebrou

Una botella cayó al suelo y se rompió

uma lasca feriu Gregor no rosto

Una astilla hirió a Gregor en la cara.

alguma medicina corrosiva o rodeava

Una medicina corrosiva lo rodeaba.

Grete agora, sem parar mais, pegou tantas garrafas quanto pôde segurar

Grete ahora, sin detenerse más, tomó tantas botellas como pudo.

e correu com os frascos de remédio para a mãe

y corrió con los frascos de medicinas hacia su madre

Ela bateu a porta com o pé

Ella cerró la puerta con el pie.

Gregor estava agora isolado de sua mãe, que talvez estivesse perto da morte por causa de suas ações

Gregor ahora estaba separado de su madre, quien quizás estaba cerca de morir debido a sus acciones.

Não lhe era permitido abrir a porta se não quisesse afastar a irmã, que tinha de ficar com a mãe

No le permitían abrir la puerta si no quería echar a su hermana, que tenía que quedarse con su madre.

ele não tinha nada para fazer agora a não ser esperar

Ahora no tenía nada que hacer más que esperar.

e atormentado pela auto-censura e ansiedade, começou a rastejar

Y acosado por el autorreproche y la ansiedad, comenzó a gatear.

Ele rastejou sobre tudo; paredes, mobiliário e teto

Se arrastró por todo: paredes, muebles y techo.
toda a sala começou a girar em torno dele
Toda la habitación empezó a girar a su alrededor.
e ele finalmente caiu em seu desespero na grande mesa
y finalmente cayó desesperado sobre la gran mesa
Passado pouco tempo, Gregor ficou ali exausto
Pasó un rato y Gregor yacía allí exhausto.
Foi tranquilo ao redor, talvez isso tenha sido um bom sinal
Todo estaba tranquilo, tal vez eso era una buena señal.
Em seguida, a campainha tocou
Entonces sonó el timbre.
**A menina estava, claro, trancada em sua cozinha e Grete teve
que ir e abri-la**
La niña, por supuesto, estaba encerrada en su cocina y Grete
tuvo que ir a abrirla.
foi o pai que veio
Fue el padre quien vino
»O que aconteceu?« foram as suas primeiras palavras
«¿Qué pasó?», fueron sus primeras palabras.
A aparência de Grete provavelmente lhe contara tudo
La aparición de Grete probablemente le había dicho todo.
Grete respondeu com uma voz sem graça
Grete respondió con voz apagada.
aparentemente, ela pressionou o rosto no peito do pai
Al parecer presionó su cara contra el pecho de su padre.
Mãe estava inconsciente, mas já está se sentindo melhor
La madre estaba inconsciente, pero ya se siente mejor.
Gregor escapou, acrescentou
Gregor ha escapado, añadió.
»Eu esperava,« disse o pai
«Me lo esperaba», dijo el padre.
**Eu sempre disse a vocês, mas vocês, mulheres, não querem
ouvir**
Siempre os lo he dicho, pero vosotras las mujeres no queréis
escuchar.
**Era claro para Gregor que seu pai havia interpretado mal a
mensagem muito breve de Grete**

Para Gregor estaba claro que su padre había malinterpretado el mensaje demasiado breve de Grete.

ele assumiu que Gregor tinha cometido algum ato de violência

Supuso que Gregor había cometido algún acto de violencia.

Por isso, Gregor teve de tentar apaziguar o pai agora

Por eso Gregor tuvo que intentar ahora apaciguar a su padre.

porque não teve tempo nem oportunidade de o iluminar

porque no tuvo ni el tiempo ni la oportunidad de ilustrarlo

E assim fugiu para a porta do seu quarto e pressionou-se contra ela

Y así huyó a la puerta de su habitación y se apretó contra ella.

para que o pai pudesse vê-lo imediatamente da antessala ao entrar

para que el padre pudiera verlo inmediatamente desde la antesala al entrar

Gregor tinha toda a intenção de voltar ao seu quarto imediatamente

Gregor tenía toda la intención de regresar a su habitación inmediatamente.

não há necessidade de afastá-lo

No hay necesidad de hacerlo retroceder

bastava abrir a porta e desaparecia imediatamente

Sólo había que abrir la puerta y desaparecía inmediatamente.

Mas o pai não estava com vontade de notar tais sutilezas

Pero el padre no estaba de humor para notar tales sutilezas.

»Ah!« exclamou assim que entrou

«¡Ah!», exclamó nada más entrar.

como se estivesse zangado e feliz ao mesmo tempo

Como si estuviera enojado y feliz al mismo tiempo

Gregor puxou a cabeça para trás da porta e levantou-a em direção ao pai

Gregor apartó la cabeza de la puerta y la levantó hacia su padre.

Ele realmente não tinha imaginado seu pai ali parado assim

Realmente no se había imaginado a su padre parado allí así.

No entanto, nos últimos tempos, por causa de seu novo

rastejamento, ele havia negligenciado prestar atenção ao que estava acontecendo no resto do apartamento como costumava fazer

Sin embargo, en los últimos tiempos, debido a su nuevo y alocado andar a gatas, había descuidado prestar atención a lo que estaba sucediendo en el resto del apartamento como solía hacer.

Deveria estar preparado para enfrentar circunstâncias alteradas

Debería haber estado preparado para afrontar circunstancias cambiadas.

No entanto, ainda era esse o pai?

Pero ¿era todavía ese el padre?

Ele ainda era o mesmo homem que estava cansado na cama quando Gregor partiu para uma viagem de negócios?

¿Era todavía el mismo hombre que yacía cansado en la cama cuando Gregor partió para un viaje de negocios?

Seria ele ainda o mesmo homem que o tinha cumprimentado com o seu roupão na poltrona nas noites em que regressava a casa?

¿Era todavía el mismo hombre que lo había recibido en bata en su sillón las tardes en que regresaba a casa?

Ele ainda era o mesmo homem, não era realmente capaz de se levantar para recebê-lo?

¿Era todavía el mismo hombre, incapaz realmente de levantarse para recibirlo?

Seria ele ainda o mesmo homem que ergueu os braços em sinal de alegria para recebê-lo?

¿Era todavía el mismo hombre que había levantado los brazos en señal de alegría para darle la bienvenida?

Ele ainda era o mesmo homem com quem passeava em alguns domingos por ano?

¿Era todavía el mismo hombre con el que paseaba algunos domingos al año?

Passeios raros juntos nos feriados mais altos

Paseos raros juntos en las fiestas más altas

entre Gregor e a mãe, que já andava devagar

Entre Gregorio y su madre, que ya caminaba lentamente.

e eles ainda foram um pouco mais lentos para ele

Y aún así fueron un poco más lentos para él.

Seria ele ainda o mesmo homem que se enrolava no seu velho casaco nestas caminhadas?

¿Era todavía el mismo hombre que se envolvía en su viejo abrigo durante estos paseos?

Seria ele ainda o mesmo homem que, cuidadosamente com a bengala, avançava?

¿Era todavía el mismo hombre que cuidadosamente, con su bastón, se abría camino hacia adelante?

E ainda era o mesmo homem que, nestas caminhadas, quando queria dizer alguma coisa, quase sempre parava e reunia os seus companheiros à sua volta?

¿Y era todavía el mismo hombre que, en estos paseos, cuando quería decir algo, casi siempre se detenía y reunía a sus compañeros a su alrededor?

Mas agora ele estava bem ereto

Pero ahora estaba bien erguido.

Ele estava vestido com um uniforme azul apertado com botões dourados, como os funcionários das instituições bancárias usam

Estaba vestido con un uniforme ajustado de color azul con botones dorados, como los que usan los empleados de las instituciones bancarias.

Acima da gola alta e rígida de seu casaco, seu forte queixo duplo se desenvolveu

Por encima del alto y rígido cuello de su abrigo se desarrollaba su fuerte papada.

Debaixo das sobrancelhas grossas, o olhar dos olhos negros parecia fresco e atento

Debajo de las pobladas cejas, la mirada de los ojos negros parecía fresca y atenta.

os cabelos brancos desgrenhados foram penteados numa despedida meticulosa

El cabello blanco despeinado estaba peinado hacia abajo en una raya meticulosa.

Jogou o boné, no qual estava afixado um monograma de ouro, provavelmente o de um banco, no sofá

Arrojó su gorra, en la que estaba fijado un monograma dorado, probablemente el de un banco, sobre el sofá.

as extremidades de sua longa jaqueta de uniforme viradas para trás, as mãos nos bolsos das calças

Los extremos de su larga chaqueta de uniforme estaban vueltos hacia atrás y sus manos estaban en los bolsillos de sus pantalones.

e caminhou em direção a Gregor com um rosto sombrio

Y caminó hacia Gregor con cara sombría.

Ele provavelmente nem sabia o que estava planejando

Probablemente ni siquiera sabía lo que estaba planeando.

pelo menos ele levantou os pés excepcionalmente alto

Al menos levantó los pies inusualmente alto.

e Gregor ficou espantado com o tamanho gigantesco das solas das botas

y Gregor se quedó asombrado por el gigantesco tamaño de las suelas de sus botas

Mas não parou por aí

Pero no se detuvo allí.

Ele sabia desde o primeiro dia de sua nova vida que seu pai considerava apenas a maior severidade apropriada para ele

Supo desde el primer día de su nueva vida que su padre consideraba que sólo la mayor severidad era apropiada para él.

E assim fugiu do pai

Y así se escapó de su padre.

fez uma pausa quando o pai parou

Hizo una pausa cuando su padre se detuvo.

e ele correu para a frente novamente assim que seu pai se mudou

y corrió hacia adelante nuevamente tan pronto como su padre se movió

Então eles fizeram várias rondas pela sala sem que nada decisivo acontecesse

Así que dieron varias vueltas por la sala sin que ocurriera

nada decisivo.

sem que a coisa toda tenha a aparência de uma perseguição devido ao seu ritmo lento

Sin que todo parezca una persecución debido a su ritmo lento.

Por isso, Gregor também ficou no chão por enquanto

Por eso Gregor también se quedó en el suelo por el momento.

O Pai pode considerar particularmente perversa uma fuga para as paredes ou para o teto

El padre podría considerar que escapar hacia las paredes o el techo es particularmente perverso.

No entanto, Gregor teve que dizer a si mesmo que não seria capaz de manter essa corrida por muito tempo

Sin embargo, Gregor tuvo que convencerse a sí mismo de que no podría seguir así por mucho tiempo.

porque enquanto o pai dava um passo, ele tinha que executar uma infinidade de movimentos

porque mientras el padre daba un paso, tenía que realizar una miríada de movimientos

A falta de ar já começava a fazer-se sentir

La falta de aire ya empezaba a hacerse sentir.

Ele também não tinha tido um pulmão completamente confiável em seus primeiros dias

Tampoco había tenido un pulmón completamente confiable en sus primeros días.

Ele cambaleou para reunir todas as suas forças para a corrida

Se tambaleó para reunir todas sus fuerzas para la carrera.

Estava tão cansado que mal conseguia manter os olhos abertos

Estaba tan cansado que apenas podía mantener los ojos abiertos.

Na sua estupidez nem sequer pensou em correr para outro resgate

En su estupidez ni siquiera pensó en correr a buscar otro rescate.

Quase se esquecera de que as paredes estavam livres

Casi había olvidado que las paredes estaban libres.

e então, ligeiramente atirado, algo voou ao seu lado

Y entonces, ligeramente arrojado, algo voló a su lado.
e à sua frente rolou uma maçã
y delante de él rodaba una manzana
Uma segunda maçã também passou por ele
Una segunda manzana también pasó volando junto a él.
Gregor parou em choque, era inútil continuar a correr
Gregor se detuvo en estado de shock, era inútil seguir
corriendo.
porque o pai tinha decidido bombardeá-lo
Porque el padre había decidido bombardearlo.
Enchera os bolsos da fruteira no aparador
Se había llenado los bolsillos con el frutero que había en el
aparador.
E agora, sem mirar bruscamente, jogou maçã atrás de maçã
Y ahora, sin apuntar con precisión, lanzó manzana tras
manzana.
**Estas pequenas maçãs vermelhas rolavam no chão como se
eletrificadas e esbarravam umas nas outras**
Estas pequeñas manzanas rojas rodaban por el suelo como si
estuvieran electrificadas y chocaban entre sí.
**Uma maçã fracamente atirada roçou as costas de Gregor, mas
deslizou inofensivamente**
Una manzana lanzada débilmente rozó la espalda de Gregor,
pero se deslizó sin hacerle daño.
**Uma maçã que voou imediatamente atrás dele penetrou nas
costas de Gregor**
Una manzana que voló inmediatamente tras él penetró en la
espalda de Gregor.
**Gregor queria arrastar-se, como se a dor surpreendente e
inacreditável pudesse desaparecer com a mudança de local**
Gregor quería seguir arrastrándose, como si el sorprendente e
increíble dolor pudiera desaparecer con el cambio de
ubicación.
mas sentia-se pregado
pero se sentía como si estuviera clavado
e esticou-se em completa confusão de todos os sentidos
y se estiró en completa confusión de todos los sentidos.

Só com o seu último olhar viu a porta do seu quarto a ser rasgada

Sólo con su última mirada vio que la puerta de su habitación se abría de golpe.

e viu a mãe sair correndo na frente da irmã gritando

y vio a la madre salir corriendo delante de la hermana que gritaba

ela estava de camisa porque a irmã a tinha despido

Ella estaba en camisa porque su hermana la había desvestido.

dar-lhe espaço de respiração na sua inconsciência

Para darle espacio para respirar en su inconsciencia.

viu como a mãe correu em direção ao pai

Vio como la madre corría hacia el padre

e viu como a saia desamarrada escorregava para o chão uma após a outra

y vio como su falda desatada se deslizaba al suelo una tras otra

e viu-a tropeçar na saia quando se aproximou do pai

y la vio tropezar con su falda mientras se acercaba a su padre

em completa união com seu corpo, a visão de Gregor também falhou

En completa unión con su cuerpo, la vista de Gregor también falló.

Abraçando-o, ela pediu que a vida de Gregor fosse poupada

Abrazándolo, pidió que le perdonaran la vida a Gregor.

Parte III
Tercera parte

Gregor sofreu a grave lesão por mais de um mês
Gregor sufrió la grave lesión durante más de un mes.
a maçã ficou porque ninguém se atreveu a retirá-la
La manzana quedó porque nadie se atrevió a quitarla.
a maçã permaneceu na carne como um lembrete visível
La manzana permaneció en la pulpa como un recordatorio
visible.
**Até o pai foi lembrado de que Gregor não deve ser tratado
como um inimigo**
Incluso al padre se le recordó que no se debía tratar a Gregor
como a un enemigo.
**Apesar de sua aparência triste e nojenta, ele era um membro
da família**
A pesar de su triste y repugnante apariencia actual, era un
miembro de la familia.
a relutância teve de ser engolida e tolerada
La renuencia tuvo que ser tragada y tolerada.
**Devido ao ferimento, a sua mobilidade foi provavelmente
perdida para sempre**
Debido a su herida, probablemente perdió su movilidad para
siempre.
**Por enquanto, ele passou longos e longos minutos
atravessando seu quarto**
Por el momento pasó largos, largos minutos cruzando su
habitación.
Rastejar em alturas estava fora de questão
Arrastrarse en las alturas estaba fuera de cuestión
**mas recebeu o que considerava ser uma compensação
completamente adequada para esta deterioração do seu
estado**
Pero recibió lo que consideró una compensación
completamente adecuada por este deterioro de su condición.
sempre à noite a porta da sala de estar era aberta para ele
Siempre por la noche se le abría la puerta del salón.
Ele costumava observar a porta de perto uma ou duas horas

antes

Solía vigilar atentamente la puerta una o dos horas antes.

**assim podia, deitado na escuridão do seu quarto, invisível da
sala de estar, ver toda a família à mesa iluminada**

Así pudo, acostado en la oscuridad de su habitación, invisible
desde la sala de estar, ver a toda la familia en la mesa
iluminada.

**foi-lhe permitido ouvir os seus discursos, com autorização
geral, de forma muito diferente da anterior**

Se le permitió escuchar sus discursos, con permiso general, de
una manera muy diferente a como lo hacía antes.

**Claro que já não havia as conversas animadas de outros
tempos**

Por supuesto, ya no existían las animadas conversaciones de
épocas anteriores.

**as conversas do passado que Gregor sempre pensara com
alguma saudade nos pequenos quartos de hotel**

Las conversaciones del pasado en las que Gregor siempre
había pensado con cierta nostalgia en las pequeñas
habitaciones del hotel.

**as vezes em que teve de se atirar cansadamente para a roupa
de cama húmida**

Los momentos en que tuvo que arrojarse cansado sobre las
sábanas húmedas.

Agora era principalmente muito tranquilo

Ahora estaba mayormente muy tranquilo.

O pai adormeceu na poltrona logo após o jantar

El padre se quedó dormido en su sillón poco después de la
cena.

a mãe e a irmã pediam-se para ficarem quietas

La madre y la hermana se pidieron mutuamente que
guardaran silencio.

**A mãe, debruçada sobre a luz, costurava linho fino para uma
loja de moda**

La madre, inclinada sobre la luz, cosía lino fino para una
tienda de moda.

a irmã, que tinha conseguido um emprego como vendedora,

aprendeu taquigrafia e francês à noite

La hermana, que había conseguido un trabajo como vendedora, aprendió taquigrafía y francés por las tardes.

para que ela pudesse talvez conseguir um emprego melhor mais tarde

para que tal vez pudiera conseguir un mejor puesto de trabajo más adelante

Às vezes, o pai acordava e, como se não soubesse que estava dormindo, dizia à mãe:

A veces el padre se despertaba y, como si no supiera que había estado durmiendo, le decía a su madre:

»Você está costurando há tanto tempo hoje!«

«¡Has estado cosiendo mucho tiempo hoy!»

e então ele imediatamente adormeceu novamente, enquanto mãe e irmã sorriam cansadas uma para a outra

Y luego inmediatamente se quedó dormido otra vez, mientras madre y hermana se sonreían cansadamente.

Com uma espécie de teimosia, o pai recusava-se a tirar o uniforme de empregado mesmo em casa

Con una especie de terquedad, el padre se negó a quitarse el uniforme de sirviente incluso en casa.

e enquanto o vestido pendia inutilmente no gancho do casaco, o pai dormia totalmente vestido em seu lugar

Y mientras la bata colgaba inútilmente en el perchero, el padre dormía completamente vestido en su lugar.

como se estivesse sempre pronto para o seu serviço e estivesse à espera da voz do seu superior

Como si siempre estuviera listo para su servicio y estuviera esperando la voz de su superior.

Como resultado, o uniforme, que não era novo no início, perdeu a limpeza apesar de todos os cuidados da mãe e da irmã

Como resultado, el uniforme, que al principio no era nuevo, perdió su limpieza a pesar de todos los cuidados de la madre y la hermana.

e Gregor muitas vezes passava noites inteiras olhando para aquele uniforme manchado e abotoado de ouro

Y Gregor a menudo pasaba tardes enteras mirando ese uniforme lleno de manchas y botones dorados.

ele viu o velho dormir mais desconfortável, mas pacificamente

Observó cómo el anciano dormía de forma incómoda pero en paz.

Assim que o relógio marcava dez, a mãe tentou acordar o pai falando baixinho

Tan pronto como el reloj dio las diez, la madre intentó despertar al padre hablándole en voz baja.

e então ela o convenceu a ir para a cama

Y luego lo convenció de irse a la cama.

porque aqui não foi um verdadeiro sono

Porque aquí no era un sueño real

O pai, que tinha de começar a trabalhar às seis horas, precisava mesmo deste sono

El padre, que tenía que empezar a trabajar a las seis, necesitaba realmente este sueño.

Mas, na teimosia que o tomava desde que se tornou criado, insistia sempre em ficar mais tempo à mesa

Pero en la terquedad que lo dominaba desde que se convirtió en sirviente, siempre insistía en quedarse más tiempo en la mesa.

embora adormecesse regularmente, e só se movia com a maior dificuldade

Aunque regularmente se quedaba dormido y sólo se movía con gran dificultad.

mas teve de perceber que devia trocar a cadeira pela cama

Pero tuvo que darse cuenta de que debía cambiar la silla por la cama.

Mãe e irmã tiveram que insistir nele com poucas admoestações

La madre y la hermana tuvieron que insistirle con pequeñas advertencias.

Durante quinze minutos, ele lentamente balançou a cabeça, manteve os olhos fechados e não se levantou

Durante quince minutos sacudió lentamente la cabeza,

mantuvo los ojos cerrados y no se levantó.

A mãe puxou-lhe a manga e sussurrou palavras lisonjeiras no seu ouvido

La madre le tiró de la manga y le susurró palabras halagadoras al oído.

A irmã deixou a tarefa de ajudar a mãe

La hermana dejó su tarea para ayudar a su madre.

Mas isso não funcionou para o pai

Pero eso no funcionó para el padre.

Afundou-se ainda mais na cadeira

Se hundió aún más en su silla.

Só quando as mulheres o agarraram debaixo das axilas é que ele abriu os olhos

Sólo cuando las mujeres lo agarraron por las axilas abrió los ojos.

Olhava alternadamente para a mãe e para a irmã e dizia:

Miraba alternativamente a su madre y a su hermana y solía decir:

Que vida é essa. Esta é a paz da minha velhice.

¡Qué vida ésta! Ésta es la paz de mi vejez.

E apoiando-se nas duas mulheres, levantou-se, desajeitado

Y apoyándose en las dos mujeres, se levantó torpemente.

como se ele fosse o maior fardo para si mesmo

Como si fuera la mayor carga para sí mismo.

e deixou que as mulheres o conduzissem até à porta

y dejó que las mujeres lo guiaran hasta la puerta

acenou-lhes e continuou sozinho

Él les hizo un gesto para que se fueran y continuó por su cuenta.

enquanto a mãe apressadamente jogava seu kit de costura e a irmã sua caneta

Mientras la madre arrojó apresuradamente su kit de costura y la hermana su bolígrafo.

correr atrás do pai e ajudá-lo ainda mais

correr detrás del padre y ayudarlo más

Quem nesta família sobrecarregada teve tempo para cuidar de Gregor?

¿Quién en esta familia sobrecargada de trabajo tenía tiempo para cuidar de Gregor?

Era realmente necessário se todos já estavam cansados?

¿Era realmente necesario si ya todos estábamos cansados?

O orçamento tornou-se cada vez mais restrito

El presupuesto se volvió cada vez más restringido

a empregada acabou por ser despedida

La criada finalmente fue despedida

Uma enorme empregada óssea de cabelos brancos vinha de manhã e à noite fazer o trabalho mais difícil

Una enorme sirvienta huesuda con cabello blanco venía por la mañana y por la tarde para hacer el trabajo más duro.

tudo o resto era cuidado pela mãe, para além do seu trabalho de costura

De todo lo demás se encargaba la madre además de su trabajo de costura.

Aconteceu mesmo que várias joias de família foram vendidas

Incluso ocurrió que se vendieron varias joyas familiares.

Joias de família que a mãe e a irmã costumavam usar alegremente durante o entretenimento e as celebrações

Joyas familiares que la madre y la hermana solían lucir con alegría durante los entretenimientos y celebraciones.

Gregor aprendeu isso à noite com a discussão geral

Gregor aprendió esto por la tarde durante la discusión general.

A maior reclamação, no entanto, era que não se podia sair deste apartamento, que era grande demais para as condições atuais

La mayor queja, sin embargo, fue que uno no podía salir de este apartamento, que era demasiado grande para las condiciones actuales.

Era impensável como Gregor poderia ser realocado

Era impensable cómo Gregor podría ser reubicado.

Mas Gregor percebeu que não foi só a consideração por ele que impediu uma jogada

Pero Gregor se dio cuenta de que no era sólo la consideración hacia él lo que impedía un traslado.

porque ele poderia ter sido facilmente transportado em uma caixa adequada com alguns orifícios de ar

porque podría haber sido fácilmente transportado en una caja adecuada con algunos agujeros de aire

O que mais impediu a família de se mudar foi outra coisa

Lo que principalmente impidió que la familia se mudara fue otra cosa.

era antes a completa desesperança e o pensamento de que tinham sido atingidos pelo infortúnio

Fue más bien la desesperanza total y la idea de que habían sido alcanzados por la desgracia.

Eles não queriam admitir que tinham sido atingidos pelo infortúnio como ninguém em todo o seu círculo de parentes e conhecidos

No querían admitir que habían sido alcanzados por la desgracia como nadie en todo su círculo de familiares y conocidos.

O que o mundo exige dos pobres, eles cumpriram ao máximo

Lo que el mundo exige de los pobres, ellos lo cumplen al máximo.

O pai buscou o café da manhã para o pequeno bancário

El padre fue a buscar el desayuno para el pequeño empleado de banco.

a mãe sacrificava-se pela roupa de estranhos

La madre se sacrificó por la ropa de extraños.

sua irmã corria de um lado para o outro atrás da mesa seguindo os pedidos dos clientes

Su hermana corría de un lado a otro detrás del escritorio siguiendo los pedidos de los clientes.

mas a força da família já não era suficiente

Pero la fuerza de la familia ya no era suficiente.

E assim a ferida nas costas de Gregor começou a doer como nova

Y entonces la herida en la espalda de Gregor empezó a doler como nueva.

quando mãe e irmã, depois de colocarem o pai na cama, voltaram
Cuando la madre y la hermana, después de acostar a papá, regresaron
quando mãe e irmã deixaram o trabalho e se aproximaram
Cuando madre y hermana dejaron el trabajo y se mudaron más cerca
quando mãe e irmã se sentaram bochecha a bochecha
Cuando madre y hermana se sentaron mejilla con mejilla
**quando a mãe, apontando para o quarto de Gregor, disse:
"Feche a porta lá, Grete"**
Cuando la madre, señalando la habitación de Gregor, dijo:
"Cierra la puerta, Grete".
e quando Gregor estava no escuro novamente, enquanto as mulheres ao lado misturavam suas lágrimas
Y cuando Gregor estaba de nuevo a oscuras, mientras las mujeres de la habitación de al lado mezclaban sus lágrimas
ou quando olhavam para a mesa sem chorar
o cuando miraban la mesa sin llorar
Gregor passou as noites e os dias quase sem dormir
Gregor pasaba las noches y los días casi sin dormir.
Às vezes, pensava em retomar os assuntos familiares, como havia feito antes
A veces pensaba en hacerse cargo de los asuntos familiares de nuevo como lo había hecho antes.
Em seus pensamentos, o chefe e o representante autorizado apareceram novamente depois de muito tempo
En sus pensamientos el jefe y el representante autorizado aparecieron nuevamente después de mucho tiempo.
os escrivães e os aprendizes, o tão lento empregado doméstico
los oficinistas y los aprendices, el sirviente doméstico tan torpe
dois ou três amigos de outras empresas
Dos o tres amigos de otros negocios.
uma camareira de um hotel nas províncias
Una camarera de un hotel de provincias
uma memória querida e fugaz

Un recuerdo querido y fugaz

um caixa de uma loja de chapéus, a quem se tinha candidatado a sério, mas demasiado devagar

Un cajero de una tienda de sombreros, para quien había solicitado trabajo con seriedad pero con demasiada lentitud.

todos eles apareceram misturados com estranhos ou já esquecidos

Todos aparecieron mezclados con extraños o ya olvidados.

mas, em vez de ajudá-lo e à sua família, eram todos inacessíveis

Pero en lugar de ayudarlo a él y a su familia, todos fueron inaccesibles.

e ele ficou feliz quando eles desapareceram

y se alegró cuando desaparecieron

Mas então ele não estava com vontade de se preocupar com sua família

Pero entonces no estaba de humor para preocuparse por su familia.

só a raiva pela má manutenção o encheu

Sólo la ira por el mal mantenimiento lo llenaba.

e, embora não pudesse imaginar nada pelo qual tivesse apetite, ainda assim fez planos

Y aunque no podía imaginar nada que le apeteciera, aun así hizo planes.

ele planejou como entrar na despensa

planeó cómo entrar a la despensa

tomar o que merecia, mesmo que não estivesse com fome

tomar lo que merecía, incluso si no tenía hambre

Como fazer um favor especial a Gregor não foi pensado por muito tempo

Cómo hacerle un favor especial a Gregor no fue algo que se pensó por mucho tiempo.

De manhã, a enfermeira empurrou apressadamente um pouco de comida para o quarto de Gregor com o pé

Por la mañana, la enfermera introdujo apresuradamente con el pie algo de comida en la habitación de Gregor.

antes de ir trabalhar de manhã e à hora do almoço

Antes de ir a trabajar por la mañana y a la hora del almuerzo.

Independentemente de a comida ter sido provada ou não, ela voltou com um aceno da vassoura

Sin importar si la comida fue probada o no, ella regresó con un movimiento de la escoba.

e, na maioria dos casos, a comida estava completamente intocada

Y en la mayoría de los casos la comida estaba completamente intacta.

Arrumar o quarto, o que ela agora fazia todas as noites, não poderia ter sido feito mais rápido

Ordenar la habitación, cosa que ahora hacía todas las noches, no podría haberse hecho más rápido.

Faixas de terra corriam ao longo das paredes

Rayas de suciedad corrían por las paredes.

aqui e ali jazem bolas de pó e lixo

Aquí y allá había bolas de polvo y basura.

No início, Gregor se posicionou em um ângulo particularmente significativo quando sua irmã chegou

Al principio, Gregor se posicionó en un ángulo particularmente significativo cuando llegó su hermana.

recriminá-la com esta posição

para reprocharle esta posición

Mas ele poderia ter ficado lá por semanas sem que sua irmã melhorasse seus caminhos

Pero podría haber permanecido allí durante semanas sin que su hermana mejorara sus modales.

ela viu a sujeira exatamente como ele viu

Ella vio la suciedad igual que él.

mas ela simplesmente decidiu deixar a sujeira

Pero ella simplemente había decidido dejar la tierra.

Com uma sensibilidade completamente nova para ela e que afetou toda a família, ela fez questão de que a limpeza do quarto de Gregor fosse deixada para ela.

Con una sensibilidad que era completamente nueva para ella y que había afectado a toda la familia, se encargó de que la limpieza de la habitación de Gregor quedara en sus manos.

**Certa vez, a mãe de Gregor fez uma limpeza completa no
quarto**

Una vez, la madre de Gregor había hecho una limpieza a
fondo de su habitación.

Só depois de usar alguns baldes de água é que conseguiu

Sólo después de usar unos cuantos baldes de agua lo logró.

No entanto, a alta umidade também prejudicou Gregor

Sin embargo, la alta humedad también afectó a Gregor.

e deitou-se largo, amargo e imóvel no sofá

y él yacía ancho, amargado e inmóvil en el sofá

mas o castigo não passou despercebido à mãe

Pero el castigo no pasó desapercibido para la madre.

**A irmã mal tinha notado a mudança no quarto de Gregor
quando correu para a sala, extremamente insultada**

La hermana apenas había notado el cambio en la habitación de
Gregor cuando corrió a la sala de estar, extremadamente
insultada.

**Apesar das mãos implorantemente levantadas de sua mãe,
ela caiu em lágrimas**

A pesar de las manos implorantes de su madre, estalló en
lágrimas.

O pai, claro, ficou assustado ao sair da cadeira

El padre, por supuesto, se sobresaltó y se levantó de su silla.

**e no início os pais ficaram espantados e apenas assistiram
impotentes**

Y al principio los padres estaban asombrados y simplemente
miraban impotentes.

até que eles também começaram a se mover

Hasta que ellos también empezaron a moverse

**o pai repreendeu a mãe por não ter deixado o quarto de
Gregor para a irmã limpar**

El padre reprochó a la madre que no dejara la habitación de
Gregor a su hermana para que la limpiara.

**a irmã gritou que a mãe nunca mais seria autorizada a limpar
o quarto de Gregor**

La hermana gritó que a la madre nunca más se le permitiría
limpiar la habitación de Gregor.

enquanto a mãe tentava arrastar o pai, tão excitado que já não se conhecia, para o quarto

Mientras la madre intentaba arrastrar al padre, que estaba tan excitado que ya no se reconocía a sí mismo, al dormitorio.

A irmã, abalada pelos soluços, bateu na mesa com os punhos pequenos

La hermana, sacudida por los sollozos, golpeó la mesa con sus pequeños puños.

e Gregor assobiou alto com raiva que ninguém pensou em fechar a porta

Y Gregor silbó en voz alta y enojado porque a nadie se le ocurrió cerrar la puerta.

poderiam tê-lo poupado dessa visão e barulho

Podrían haberle ahorrado esta vista y este ruido.

Mas mesmo que a irmã estivesse cansada de cuidar de Gregor como costumava fazer, a mãe não teria que intervir por ela.

Pero incluso si la hermana se hubiera cansado de cuidar a Gregor como antes, la madre no habría tenido que intervenir en su lugar.

Por mais que a irmã estivesse exausta de seu trabalho profissional, ela havia se cansado dele

Por mucho que la hermana estuviera agotada por su trabajo profesional, se había cansado de él.

Gregor não deveria ter sido negligenciado

No se debía descuidar a Gregor

Porque agora a garçonete estava lá

Porque ahora estaba la camarera

Esta velha viúva, que na sua longa vida tinha sobrevivido ao pior com a ajuda da sua forte estrutura óssea

Esta anciana viuda, que en su larga vida había sobrevivido a lo peor con la ayuda de su fuerte estructura ósea

ela não tinha nenhuma antipatia real por Gregor

Ella no sentía ninguna antipatía real por Gregor.

Sem ser curiosa, ela acidentalmente abriu a porta do quarto de Gregor

Sin sentir ninguna curiosidad, accidentalmente abrió la puerta de la habitación de Gregor.

Completamente surpreso, embora ninguém o estivesse perseguindo, ele começou a correr para frente e para trás

Completamente sorprendido, aunque nadie lo perseguía, comenzó a correr de un lado a otro.

Ela ficou espantada ao ver Gregor com as mãos dobradas no colo

Se quedó asombrada al ver a Gregor con las manos cruzadas sobre el regazo.

Desde então, ela nunca deixou de abrir a porta um pouco todas as manhãs e noites e olhar para Gregor

Desde entonces, cada mañana y cada tarde, no dejaba de abrir un poco la puerta y mirar a Gregor.

No início, ela também o chamou, com palavras que provavelmente achou amigáveis

Al principio ella también lo llamó, con palabras que probablemente pensó que eran amistosas.

»Venha aqui, velho besouro de esterco!« ou »Olhe para o velho besouro de esterco!«

»¡Ven aquí, viejo escarabajo pelotero!« o »¡Mira el viejo escarabajo pelotero!«

Gregor respondeu a tais discursos sem nada

Gregor no respondió a tales discursos con nada.

em vez disso, permaneceu imóvel em seu lugar, como se a porta não tivesse sido aberta

En cambio, permaneció inmóvil en su lugar como si la puerta no se hubiera abierto en absoluto.

Se ao menos esta empregada tivesse recebido a ordem de limpar seu quarto todos os dias, em vez de deixá-la perturbá-lo inutilmente como ela quisesse!

¡Ojalá a esta criada se le hubiera dado la orden de limpiar su habitación todos los días, en lugar de dejarla molestarlo inútilmente a su antojo!

Uma vez de manhã cedo, uma forte chuva atingiu as janelas

Una mañana temprano una fuerte lluvia golpeó las ventanas.

talvez já fosse um sinal da primavera que se aproximava

Tal vez ya era una señal de la llegada de la primavera.

e a empregada recomeçou com os seus ditos

Y la criada empezó de nuevo con sus dichos.

Gregor estava tão amargurado que se virou contra ela como se quisesse atacar, embora lenta e fracamente

Gregor estaba tan amargado que se volvió contra ella como para atacarla, aunque lenta y débilmente.

A empregada, no entanto, em vez de ter medo, simplesmente levantou uma cadeira que estava perto da porta

La criada, sin embargo, en lugar de tener miedo, simplemente levantó una silla que estaba cerca de la puerta.

e quando ela estava ali de boca aberta, sua intenção era clara

Y mientras estaba allí con la boca abierta, su intención era clara.

ela só fechava a boca quando a cadeira em sua mão batia nas costas de Gregor

Ella sólo cerraría la boca cuando la silla en su mano golpeara la espalda de Gregor.

»Então não podemos ir mais longe?« perguntou enquanto Gregor se virava novamente

«Entonces, ¿no podemos seguir adelante?», preguntó mientras Gregor se daba la vuelta nuevamente.

e ela silenciosamente colocou a cadeira de volta no canto

Y silenciosamente volvió a poner la silla en la esquina.

Gregor agora não comia quase nada

Gregor ya no comía casi nada.

Só quando passava pela comida preparada é que dava uma mordida na boca como brincadeira

Sólo cuando pasaba por la comida preparada se llevaba un bocado a la boca a modo de juego.

mas ele manteve a comida em sua boca por horas e depois geralmente cuspiu novamente

Pero mantenía la comida en la boca durante horas y luego normalmente la escupía de nuevo.

No início, pensou que era a tristeza sobre o estado do seu quarto que o estava a impedir de comer

Al principio pensó que era la tristeza por el estado de su habitación lo que le impedía comer.

mas ele logo se conformou com as mudanças na sala

Pero pronto se adaptó a los cambios en la habitación.

**As pessoas tinham o hábito de colocar coisas que não
podiam ser armazenadas em outro lugar nesta sala**

La gente había adquirido el hábito de colocar en esta
habitación cosas que no se podían guardar en otro lugar.

e agora havia muitas dessas coisas

Y ahora había muchas cosas así.

**porque um quarto do apartamento tinha sido alugado a três
colegas de quarto**

porque una habitación del apartamento había sido alquilada a
tres compañeros de piso

**Esses senhores sérios – os três tinham barbas cheias, como
Gregor uma vez notou através de uma fenda na porta – eram
meticulosos com a ordem**

Estos señores serios (los tres tenían barba poblada, como
Gregor notó una vez a través de una rendija en la puerta) eran
meticulosos con el orden.

**Eles eram escrupulosos em manter as coisas arrumadas não
apenas em seu quarto**

Eran escrupulosos en mantener el orden no sólo en su
habitación.

**mas eles eram meticulosos sobre a limpeza em todo o
apartamento, especialmente na cozinha**

Pero fueron meticulosos con la limpieza en todo el
apartamento, especialmente en la cocina.

desde que eles tinham alugado um quarto aqui

ya que habían alquilado una habitación aquí

Eles não suportavam coisas inúteis ou mesmo sujas

No soportaban las cosas inútiles o incluso sucias.

**Além disso, a maioria deles tinha trazido seus próprios
móveis com eles**

Además, la mayoría de ellos habían traído consigo sus propios
muebles.

Por esta razão, muitas coisas se tornaram supérfluas

Por esta razón, muchas cosas se habían vuelto superfluas.

Coisas que não podiam ser vendidas, mas que não queria

deitar fora
Cosas que no se podían vender, pero que no se querían tirar
Todas essas coisas foram para o quarto de Gregor
Todas estas cosas entraron en la habitación de Gregor.
A caixa de cinzas e a caixa de lixo da cozinha também foram trazidas para o seu quarto
El cajón de cenizas y el cajón de basura de la cocina también fueron llevados a su habitación.
Tudo o que estava inutilizável no momento era simplesmente jogado no quarto de Gregor pela empregada, que estava sempre com pressa.
Todo lo que no servía en ese momento lo arrojaba simplemente la criada, siempre con prisa, a la habitación de Gregor.
Felizmente, Gregor na maioria das vezes só viu o objeto em questão e a mão que segurava o objeto
Afortunadamente, Gregor solo vio en su mayor parte el objeto en cuestión y la mano que sostenía el objeto.
A empregada pode ter tido a intenção de recuperar os itens quando teve tempo e oportunidade
Es posible que la criada tuviera la intención de recuperar los artículos cuando tuviera tiempo y oportunidad.
ou talvez ela quisesse jogá-los todos fora de uma vez
o tal vez quería tirarlos a todos a la vez
Na verdade, tudo permaneceu onde tinha estado no primeiro lance
De hecho, todo permaneció donde había estado después del primer lanzamiento.
se Gregor não se contorceu através do lixo e o moveu
Si Gregor no se hubiera escabullido entre la basura y la hubiera movido
No início, foi forçado a fazê-lo porque não havia outro espaço para rastejar
Al principio se vio obligado a hacerlo porque no había otro espacio para arrastrarse.
mas mais tarde fê-lo com cada vez mais prazer
pero luego lo hizo con creciente placer

embora depois de tais caminhadas, cansado e mortalmente triste, ele não se moveu por horas

Aunque después de tales paseos, cansado y mortalmente entristecido, no se movía durante horas.

Como os hospedeiros às vezes jantavam em casa, na sala comum, a porta da sala de estar permanecia fechada em algumas noites

Como los inquilinos a veces cenaban en casa, en la sala de estar común, la puerta de la sala permanecía cerrada algunas noches.

mas Gregor facilmente se absteve de abrir a porta

Pero Gregor se abstuvo fácilmente de abrir la puerta.

já não tinha aproveitado muitas noites em que a porta estava aberta

Ya no había aprovechado muchas tardes en las que la puerta estaba abierta.

Sem que a família percebesse, ele havia se deitado no canto mais escuro de seu quarto

Sin que la familia se diera cuenta, él yacía en el rincón más oscuro de su habitación.

Mas uma vez que a empregada tinha deixado a porta da sala ligeiramente aberta

Pero una vez que la criada dejó la puerta de la sala de estar ligeramente abierta

e a porta permaneceu aberta, mesmo quando os hospedeiros entraram à noite e a luz foi acesa

y la puerta permaneció abierta, incluso cuando los huéspedes entraron por la tarde y se encendió la luz.

Sentaram-se à mesa onde pai, mãe e Gregor se tinham sentado em tempos anteriores

Se sentaron a la mesa donde antes se habían sentado padre, madre y Gregor.

desdobraram os guardanapos e levaram facas e garfos nas mãos

Desplegaron las servilletas y tomaron cuchillos y tenedores en sus manos.

Imediatamente a mãe apareceu na porta com uma tigela de

carne

Inmediatamente la madre apareció en la puerta con un cuenco de carne.

e logo atrás da mãe a irmã apareceu com uma tigela de batatas empilhadas

Y justo detrás de la madre apareció la hermana con un cuenco de patatas apiladas en gran cantidad.

A comida cozida no vapor com fumaça pesada

La comida se cocía al vapor con mucho humo.

Os hospedeiros se debruçaram sobre as tigelas colocadas à sua frente como se quisessem verificar se a comida deveria ser enviada de volta para a cozinha antes de comer.

Los huéspedes se inclinaban sobre los cuencos colocados frente a ellos como si quisieran comprobar si la comida debía devolverse a la cocina antes de comer.

e, de fato, aquele que se sentou no meio e parecia ser a autoridade dos outros dois cortou um pedaço de carne

Y el que estaba sentado en el medio, y parecía tener autoridad sobre los otros dos, cortó un trozo de carne.

aparentemente para determinar se a carne era macia o suficiente

Aparentemente para determinar si la carne estaba lo suficientemente tierna.

Ele estava satisfeito com o cheiro e a aparência da comida

Estaba satisfecho con el olor y el aspecto de la comida.

e mãe e irmã, que observavam com entusiasmo, começaram a sorrir com um suspiro de alívio

Y madre y hermana, que habían estado observando con emoción, comenzaron a sonreír con un suspiro de alivio.

A própria família comia na cozinha

La propia familia comía en la cocina.

No entanto, antes de entrar na cozinha, o pai entrou nesta sala

Sin embargo, antes de entrar en la cocina, el padre entró en esta habitación.

e com um único laço, de boné na mão, fez um circuito à volta da mesa

y con una sola reverencia, gorra en mano, hizo un circuito alrededor de la mesa.

Todos os inquilinos se levantaram e murmuraram algo em suas barbas

Todos los inquilinos se pusieron de pie y murmuraron algo entre sus barbas.

Quando estavam sozinhos, comiam em silêncio quase completo

Cuando estaban solos, comían en un silencio casi absoluto.

Parecia estranho para Gregor que, entre todos os vários ruídos de comer, sempre se podia ouvir seus dentes mastigando

A Gregor le pareció extraño que, entre todos los ruidos de la comida, siempre se pudiera oír el masticar de los dientes.

como se isso fosse para mostrar a Gregor que você precisa de dentes para comer

Como si esto tuviera como objetivo mostrarle a Gregor que se necesitan dientes para comer.

e como se nem as mais belas mandíbulas desdentadas pudessem fazer nada

y como si ni siquiera las más bellas mandíbulas desdentadas pudieran hacer nada

Estou com fome, disse Gregor preocupado

Tengo hambre, dijo Gregor preocupado.

»mas o meu apetite não é por estas coisas«

»Pero mi apetito no es para estas cosas«

"Como estes senhores se alimentam, e eu pereço!"

"¡Cómo se alimentan estos señores, y yo perezco!"

Naquela noite, um som veio da cozinha

Justo esa noche se escuchó un ruido desde la cocina.

Gregor não se lembrava de ouvir violino o tempo todo

Gregor no recordaba haber oído el violín en todo ese tiempo.

Os senhores já tinham terminado o jantar

Los caballeros ya habían terminado su cena.

o senhor do meio tinha puxado um jornal

El caballero del medio había sacado un periódico.

Ele tinha dado aos outros dois cavalheiros uma folha cada

Les había dado a los otros dos caballeros una hoja a cada uno.

e agora eles estavam se inclinando para trás, lendo e fumando

Y ahora estaban recostados leyendo y fumando.

Quando o violino começou a tocar, eles ficaram atentos

Cuando el violín empezó a tocar, se pusieron atentos.

Levantaram-se e caminharam na ponta dos pés até à porta da antessala, onde ficaram amontoados

Se levantaron y caminaron de puntillas hasta la puerta de la antesala, donde permanecieron acurrucados juntos.

Devem tê-los ouvido da cozinha, porque o pai gritou:

Debieron haberlos oído desde la cocina, porque el padre gritó:

Será que o violino é talvez desconfortável para os cavalheiros? Pode ser interrompido imediatamente.

¿Acaso el violín resulta incómodo para los caballeros? Se puede parar de tocar de inmediato.

Pelo contrário, disse o meio dos senhores

Por el contrario, dijo el medio de los caballeros.

A moça não gostaria de entrar e brincar no nosso quarto?

¿A la señorita no le gustaría venir a jugar a nuestra habitación?

»É definitivamente muito mais confortável e acolhedor aqui«

«Definitivamente es mucho más cómodo y acogedor aquí«

Oh, por favor, gritou o pai, como se fosse o violinista

Oh, por favor, gritó el padre, como si fuera el violinista.

Os senhores voltaram para a sala e esperaram

Los caballeros regresaron a la habitación y esperaron.

Logo o pai veio com a banca de música, a mãe com a música e a irmã com o violino

Al poco rato llegó el padre con el atril, la madre con la música y la hermana con el violín.

A irmã calmamente preparou tudo para tocar violino

La hermana preparó todo con calma para tocar el violín.

os pais exageraram a sua educação para com os seus inquilinos

Los padres exageraron su cortesía hacia sus inquilinos.

porque eles nunca tinham alugado quartos antes

Porque nunca habían alquilado habitaciones antes
e eles não ousaram sentar-se em suas próprias cadeiras
y no se atrevieron a sentarse en sus propias sillas
O pai encostou-se à porta, com a mão direita entre dois botões do casaco fechado
El padre se apoyó contra la puerta, con la mano derecha entre dos botones de su librea cerrada.
A mãe, no entanto, recebeu uma cadeira oferecida por um cavalheiro e sentou-se
Sin embargo, un caballero le ofreció una silla a la madre y se sentó.
Desde que deixou a cadeira onde o cavalheiro a tinha colocado acidentalmente, sentou-se afastada num canto
Desde que dejó la silla donde el caballero la había colocado accidentalmente, se sentó apartada en un rincón.
A irmã começou a tocar violino
La hermana empezó a tocar el violín.
Pai e mãe observavam atentamente os movimentos de suas mãos
El padre y la madre observaban atentamente los movimientos de sus manos.
Gregor, atraído pelo tocar violino, aventurou-se um pouco mais
Gregor, atraído por la interpretación del violín, se había aventurado un poco más.
e ele já estava com a cabeça na sala
y ya estaba con la cabeza en la sala
Ele não ficou surpreso por ter mostrado tão pouca consideração pelos outros recentemente
No le sorprendió en absoluto haber mostrado tan poca consideración hacia los demás últimamente.
Esta consideração pelos outros tinha sido anteriormente o seu orgulho
Esta consideración hacia los demás había sido anteriormente su orgullo.
E ele teria mais motivos para se esconder agora
Y ahora habría tenido más motivos para esconderse.

**Por causa da poeira que estava por toda parte em seu quarto
e voava ao menor movimento, ele também estava
completamente coberto de poeira**
Debido al polvo que había por todas partes en su habitación y
que volaba con el más mínimo movimiento, él también estaba
completamente cubierto de polvo.
**Ele carregava fios, cabelos e restos de comida nas costas e
nos lados**
Llevaba hilos, cabellos y restos de comida en la espalda y los
costados.
**A sua indiferença a tudo era demasiado grande para que se
deitasse de costas e se esfregasse contra o tapete, como
costumava fazer várias vezes ao dia**
Su indiferencia hacia todo era demasiado grande para que
pudiera tumbarse boca arriba y frotarse contra la alfombra,
como solía hacer varias veces al día.
**E apesar desta condição, não teve medo de avançar um pouco
no chão imaculado da sala**
Y a pesar de esta condición, no tuvo miedo de avanzar un
poco sobre el inmaculado piso de la sala.
No entanto, ninguém lhe prestou atenção
Sin embargo, nadie le prestó atención.
A família estava completamente ocupada em tocar violino
La familia estaba completamente ocupada tocando el violín.
**Os cavalheiros, por outro lado, inicialmente recuaram para a
janela com as mãos nos bolsos**
Los caballeros, por el contrario, inicialmente se retiraron a la
ventana con las manos en los bolsillos.
Continuaram as conversas em tons baixos de cabeça baixa.
Continuaron sus conversaciones en voz baja y con la cabeza
gacha.
muito perto demais atrás do suporte de música da irmã
demasiado cerca detrás del atril de música de la hermana
**para que ela pudesse ter visto todas as notas musicais, o que
deve ter perturbado sua irmã**
para que pudiera ver todas las notas musicales, lo que debe
haber perturbado a su hermana.

Vigiados com preocupação pelo pai, lá permaneceram
Observados con preocupación por su padre, permanecieron
allí.
**Realmente parecia que eles tinham ficado dececionados em
sua expectativa de ouvir violino bonito ou divertido tocando.**
Realmente parecía como si hubieran quedado decepcionados
en sus expectativas de escuchar una interpretación de violín
hermosa y entretenida.
**Você teria pensado que todos eles estavam fartos de toda a
performance**
Uno hubiera pensado que todos estaban hartos de toda la
actuación.
e parecia que só por cortesia se deixavam perturbar
Y parecía como si sólo por cortesía se permitieran ser
molestados.
**Especialmente a maneira como todos sopravam a fumaça de
seus charutos para o ar de seus narizes e bocas sugeria
grande nervosismo**
Especialmente la forma en que todos ellos exhalaban el humo
de sus cigarros al aire desde sus narices y bocas sugería un
gran nerviosismo.
E, no entanto, a irmã jogou tão lindamente
Y aún así la hermana tocó tan hermosamente.
**Seu rosto estava inclinado para o lado, seus olhos
procurando e tristemente seguindo as linhas da música**
Su rostro estaba inclinado hacia un lado, sus ojos buscaban y
seguían tristemente las líneas musicales.
Gregor rastejou um pouco mais para a frente
Gregor se arrastró un poco más hacia adelante.
e manteve a cabeça perto do chão
y mantuvo su cabeza cerca del suelo
para possivelmente encontrar o seu olhar
para posiblemente encontrar su mirada
**Ele era realmente um animal? Apesar de a música o
emocionar tanto?**
¿Era realmente un animal, a pesar de que la música lo
conmovía tanto?

Sentia como se lhe estivesse a ser mostrado um caminho para a tão desejada nutrição

Sintió como si se le mostrara un camino hacia la nutrición anhelada.

Ele estava determinado a alcançar sua irmã

Estaba decidido a llegar hasta su hermana.

Ele queria puxar a saia dela e, assim, indicar-lhe que ela poderia entrar em seu quarto com seu violino

Quería tirar de su falda y así indicarle que podía entrar a su habitación con su violín.

porque ninguém aqui a recompensava a tocar violino da maneira que ele queria que fosse recompensado

Porque aquí nadie la recompensaba por tocar el violín como él quería.

Ele não queria mais deixá-la sair de seu quarto, pelo menos não enquanto ele viveu

Ya no quería dejarla salir de su habitación, al menos no mientras viviera.

a sua figura aterrorizante tornar-se-ia útil para ele pela primeira vez

Su aterradora figura le sería útil por primera vez.

Ele queria estar em todas as portas de seu quarto ao mesmo tempo e assobiar para os agressores

Quería estar en todas las puertas de su habitación al mismo tiempo y silbar a los atacantes.

A irmã não deve ficar com ele forçada, mas voluntariamente

La hermana no debe quedarse con él obligadamente, sino voluntariamente.

Ela deve sentar-se ao lado dele no sofá, dobrando a orelha para ele

Ella debería sentarse a su lado en el sofá, inclinando su oreja hacia él.

e quis confidenciar-lhe que tinha a firme intenção de a mandar para a escola de música

y quería confiarle que tenía la firme intención de enviarla a la escuela de música.

teria contado a todos este último Natal se o acidente não

tivesse intervindo

Se lo habría contado a todo el mundo esta pasada Navidad si el accidente no hubiera intervenido.

Tê-lo-ia dito sem se preocupar com quaisquer objeções

Lo habría dicho sin preocuparse por ninguna objeción.

O Natal já tinha acabado, não era?

La Navidad ya había pasado ¿no?

Após essa explicação, a sister desabaria em lágrimas de emoção

Tras esta explicación, la hermana estallaría en lágrimas de emoción.

e Gregor levantava-se até à axila e beijava-lhe o pescoço

y Gregor se acercaba a su axila y le besaba el cuello

o pescoço que usava livremente, sem fita nem gola, desde que arranjou emprego

El cuello que llevaba libremente sin cinta ni collar desde que consiguió un trabajo.

»Sr. Samsa!« o intermediário chamou seu pai

-¡Señor Samsa! -gritó el intermediario a su padre.

e apontou, sem dizer outra palavra, com o dedo indicador para Gregor, que avançava lentamente.

Y, sin decir una palabra más, señaló con el dedo índice a Gregor, que avanzaba lentamente.

O violino calou-se

El violín se quedó en silencio

O colega de quarto do meio sorriu e balançou a cabeça para os amigos

El compañero de habitación del medio sonrió y negó con la cabeza a sus amigos.

e então ele olhou de volta para Gregor

Y luego volvió a mirar a Gregor.

O pai parecia pensar que era mais necessário acalmar os cavalheiros em vez de afastar Gregor.

Al padre le pareció que era más necesario calmar a los caballeros que ahuyentar a Gregor.

embora eles não estivessem nada animados e Gregor parecia entretê-los mais do que o violino tocando

Aunque no estaban en absoluto entusiasmados y Gregor
parecía entretenerlos más que el violín.

**Ele correu para eles e tentou empurrá-los para o quarto deles
com os braços estendidos**

Corrió hacia ellos y trató de empujarlos hacia su habitación
con los brazos extendidos.

**e, ao mesmo tempo, ele tentou usar seu corpo para bloquear
a visão deles sobre Gregor**

y al mismo tiempo trató de usar su cuerpo para bloquear la
visión de Gregor.

Na verdade, eles ficaram um pouco irritados

En realidad se enojaron un poco.

ninguém sabia exatamente do que estavam zangados

Nadie sabía exactamente por qué estaban enojados

**o comportamento do pai poderia ter sido uma razão para o
humor dos cavalheiros**

La conducta del padre podría haber sido una razón para el
estado de ánimo de los caballeros.

**mas podiam ter ficado tão zangados que só agora souberam
que tipo de colega de quarto tinham**

Pero podrían haber estado igualmente enojados porque recién
ahora se enteraron del tipo de compañero de habitación que
tenían.

**Exigiam explicações ao pai e puxavam incansavelmente as
barbas**

Exigieron explicaciones a su padre y se tiraron inquietos de la
barba.

e eles lentamente se retiraram em direção ao seu quarto

y se retiraron lentamente hacia su habitación

**Entretanto, a irmã tinha superado a sensação de estar
perdida depois de ter sido subitamente interrompida a tocar
violino.**

Mientras tanto, la hermana había superado la sensación de
estar perdida después de que su interpretación del violín se
interrumpiera repentinamente.

ela tinha subitamente se recompolado

De repente ella se había recuperado.

**mas só depois de ter segurado o violino e se curvado em suas
mãos casualmente penduradas por um tempo**
pero sólo después de haber sostenido el violín y el arco en sus
manos colgando casualmente por un rato
**e continuou a olhar para as notas musicais como se ainda
estivesse a tocar**
y ella seguía mirando las notas musicales como si todavía
estuviera tocando
ela tinha colocado o instrumento no colo da mãe
Ella había colocado el instrumento en el regazo de su madre.
**a mãe que ainda estava sentada na cadeira com dificuldades
respiratórias e pulmões a trabalhar intensamente**
La madre que todavía estaba sentada en su silla con
dificultades para respirar y con los pulmones trabajando
pesadamente.
**e ela tinha corrido para o quarto ao lado, que os senhores já
estavam se aproximando mais rápido sob a insistência de
seu pai**
Y ella había corrido a la habitación contigua, a la que los
caballeros ya se acercaban más rápidamente bajo la insistencia
de su padre.
**Via-se como, sob as mãos habilidosas da irmã, os cobertores
e almofadas nas camas voavam para o ar e se dispunham**
Se podía ver cómo, bajo las hábiles manos de la hermana, las
mantas y los cojines de las camas volaban por los aires y se
acomodaban.
**Antes mesmo de os senhores chegarem ao quarto, ela
terminou de arrumar a cama e escorregou para fora**
Antes de que los caballeros llegaran a la habitación, ella había
terminado de hacer la cama y se había escabullido.
**O pai parecia tão tomado pela sua própria teimosia que se
esqueceu de todo o respeito que devia aos seus inquilinos**
El padre parecía estar tan absorto en su propia terquedad que
olvidó todo el respeto que debía a sus inquilinos.
**Ele apenas empurrou e empurrou até que o meio dos
cavalheiros estrondosamente bateu o pé na porta da sala.**
Él simplemente empujó y empujó hasta que el caballero de en

medio golpeó estruendosamente con el pie la puerta de la habitación.

e, assim, paralisou o pai

Y con ello detuvo al padre.

»Declaro,« começou

«Por la presente declaro», comenzó.

e levantou a mão e olhou para a mãe e a irmã dela

y levantó la mano y miró a su madre y a su hermana.

»Tendo em conta as condições nojentas que prevalecem neste apartamento e família, estou a dar aviso para desocupar o meu quarto«

»En vista de las condiciones repugnantes que prevalecen en este apartamento y familia, doy aviso para desocupar mi habitación«

Decidiu cuspir no chão

Decidió escupir en el suelo.

»Claro que não vou pagar nada pelos dias que vivi aqui«

»Por supuesto que no pagaré nada por los días que viví aquí«

»Vou, no entanto, ponderar se farei alguma exigência contra si«

»Sin embargo, consideraré si haré alguna exigencia contra usted«

»e acreditem, tais exigências serão muito fáceis de justificar«

»Y créanme, tales exigencias serán muy fáciles de justificar«

Ele ficou em silêncio e olhou para a frente como se estivesse esperando algo

Estaba en silencio y miraba hacia delante como si estuviera esperando algo.

Na verdade, seus dois amigos imediatamente tiveram a mesma ideia

De hecho, sus dos amigos inmediatamente tuvieron la misma idea.

»Estamos também a cancelar os nossos quartos imediatamente«

»También cancelaremos nuestras habitaciones de inmediato«

Em seguida, ele pegou a maçaneta da porta e fechou a porta com um estrondo

Luego agarró la manija de la puerta y la cerró de golpe.

O pai cambaleou para a cadeira com as mãos apalpando e deixou-se cair nela

El padre se tambaleó hasta su silla con manos a tientas y se dejó caer en ella.

parecia que ele estava se esticando para seu cochilo habitual à noite

Parecía como si se estuviera estirando para su siesta vespertina habitual.

mas o forte aceno de cabeça, como se não tivesse apoio, mostrava que ele não estava dormindo

Pero el fuerte movimiento de su cabeza, como si no tuviera apoyo, mostraba que no dormía en absoluto.

Gregor estava deitado tranquilamente na praça o tempo todo

Gregor había permanecido tumbado tranquilamente en la plaza todo el tiempo.

o lugar onde os cavalheiros o tinham apanhado

El lugar donde los caballeros lo habían atrapado.

achou impossível mover-se

Le resultó imposible moverse

talvez por causa da deceção com o fracasso de seu plano

Quizás por la decepción por el fracaso de su plan.

ou talvez por causa da fraqueza causada pela longa fome

o quizás por la debilidad que le produce el hambre prolongada

Ele temia com alguma certeza que um colapso geral fosse desencadeado sobre ele

Temía con cierta certeza que se desatara sobre él un colapso general.

e com essa expectativa esperou

Y con esta expectativa esperó

Nem mesmo o violino o assustou

Ni siquiera el violín lo sobresaltó.

o violino que caía dos dedos trêmulos da mãe, do colo

el violín que cayó de los dedos temblorosos de su madre, de su regazo

Com um som estrondoso, o violino caiu no chão

Con un sonido resonante el violín cayó al suelo

»Queridos pais,« disse a irmã

«Queridos padres», dijo la hermana.

e ela bateu a mão na mesa para começar

Y dio una palmada en la mesa para empezar.

»Isto não pode continuar«

«Esto no puede continuar«

"Se você não vê, eu vejo."

“Si tú no lo ves, yo sí lo veo”

"Não vou falar o nome do meu irmão perante este monstro"

“No pronunciaré el nombre de mi hermano delante de este monstruo”

»É por isso que estou apenas a dizer: temos de tentar livrar-nos deste animal«

»Por eso lo digo: tenemos que intentar deshacernos de este animal«

Temos tentado tanto quanto humanamente possível cuidar e tolerar este animal

Hemos intentado, en la medida de lo humanamente posible, cuidar y tolerar a este animal.

Acho que ninguém nos pode culpar minimamente«

«No creo que nadie pueda culparnos en lo más mínimo».

»Ela tem mil vezes razão,« disse o pai a si mesmo

«Tiene mil veces razón», se dijo el padre.

A mãe ainda não conseguia encontrar fôlego suficiente

La madre todavía no podía encontrar suficiente aliento.

Ela começou a tossir docemente em sua mão com uma expressão insana em seus olhos

Ella empezó a toser sordamente en su mano con una expresión de locura en sus ojos.

A irmã correu para a mãe e segurou sua testa

La hermana corrió hacia su madre y le agarró la frente.

O pai parecia ter sido levado a pensamentos mais definitivos pelas palavras da irmã

Las palabras de la hermana parecieron haber llevado al padre a pensamientos más definidos.

sentara-se ereto e brincava com o boné do criado entre os

pratos

Se había sentado erguido y estaba jugando con su gorra de
sirviente entre los platos.

**Os pratos que ainda estavam sobre a mesa da ceia do
inquilino**

Los platos que todavía estaban en la mesa de la cena del
inquilino.

e às vezes olhava para o silencioso Gregor

Y a veces miraba al silencioso Gregor.

**»Temos de tentar livrar-nos dela,« disse a irmã
exclusivamente ao pai**

«Tenemos que intentar deshacernos de él», dijo la hermana
exclusivamente al padre.

porque a mãe não ouviu nada na tosse

porque la madre no oía nada al toser

Vai matar vocês dois, eu posso ver isso chegando

Os matará a ambos, lo veo venir.

**Se você tem que trabalhar tão duro quanto todos nós, você
não pode suportar essa tortura constante em casa.**

Si tienes que trabajar tan duro como todos nosotros, no podrás
soportar esta tortura constante en casa.

»Também já não consigo«

«Yo tampoco puedo más«

**E ela irrompeu em lágrimas tão violentamente que suas
lágrimas escorriam sobre o rosto de sua mãe**

Y estalló en lágrimas tan violentamente que sus lágrimas
corrieron sobre el rostro de su madre.

**lágrimas que ela enxugou com movimentos mecânicos das
mãos**

Lágrimas que se secó con movimientos mecánicos de las
manos.

**Filho, disse o pai com compaixão e com impressionante
compreensão**

Niño, dijo el padre con compasión y con sorprendente
comprensión.

»Mas o que devemos fazer?«

«Pero ¿qué debemos hacer?»

A irmã apenas encolheu os ombros em sinal de impotência

La hermana simplemente se encogió de hombros en señal de impotencia.

O desamparo agora a tomava conta enquanto chorava, em contraste com sua confiança anterior

La impotencia ahora se apoderó de ella mientras lloraba, en contraste con su confianza anterior.

Se ao menos ele nos entendesse, disse o pai meio questionando

Si nos entendiera, dijo el padre medio interrogante.

A irmã apertou a mão violentamente enquanto chorava

La hermana sacudió su mano violentamente mientras lloraba.

para sinalizar que isso não deve ser pensado

Para señalar que no se debe pensar en esto

Se ao menos ele nos entendesse, repetiu o pai

Si tan sólo nos entendiera, repetía el padre.

e, fechando os olhos, aceitou a convicção da irmã de que isso era impossível

Y cerrando los ojos aceptó la convicción de su hermana de que eso era imposible.

»então talvez fosse possível um acordo com ele«

»Entonces quizás sería posible un acuerdo con él«

»Mas como é...«

»Pero así como están las cosas...«

»Tem que ir,« gritou a irmã

«Tiene que irse», gritó la hermana.

»Essa é a única solução, pai«

«Esa es la única solución, padre«

Você só tem que tentar se livrar do pensamento de que é Gregor

Sólo hay que intentar deshacerse del pensamiento de que es Gregor.

"O facto de termos acreditado nisso durante tanto tempo é a nossa verdadeira desgraça."

"El hecho de que lo hayamos creído durante tanto tiempo es nuestra verdadera desgracia".

»Mas como pode ser Gregor?«

»¿Pero cómo puede ser Gregorio?«
Se fosse Gregor, ele teria percebido isso há muito tempo
Si fuera Gregor, se habría dado cuenta hace mucho tiempo.
»A coexistência de seres humanos com tal animal não é possível«
»La coexistencia del hombre con un animal así no es posible«
»e teria saído voluntariamente«
»y se hubiera ido voluntariamente«
"Não teríamos então irmão, mas poderíamos continuar a viver e a honrar a sua memória."
"Entonces no tendríamos hermano, pero podríamos seguir viviendo y honrando su memoria".
"Mas esta besta persegue-nos e afasta os nossos inquilinos."
"Pero esta bestia nos persigue y ahuyenta a nuestros labradores".
»obviamente quer tomar conta de todo o apartamento e fazer-nos dormir na rua«
»Es evidente que quiere apoderarse de todo el apartamento y hacernos dormir en la calle«
Olha, pai, ela de repente gritou: "ele está começando de novo!"
Mira, padre, gritó de repente, "¡está empezando de nuevo!"
E num horror que Gregor não conseguia entender, a irmã até deixou a mãe
Y en un horror que Gregor no podía comprender, su hermana incluso abandonó a su madre.
Ela literalmente se afastou de sua cadeira como se quisesse sacrificar sua mãe
Ella literalmente se apartó de su silla como si quisiera sacrificar a su madre.
melhor do que ficar perto de Gregor
Mejor eso que quedarse cerca de Gregor
e correu atrás do pai, que, apenas agitado pelo seu comportamento, também se levantou
Y corrió detrás de su padre, quien, simplemente agitado por su comportamiento, también se puso de pie.
e meio que levantou os braços, como que para proteger a

irmã

y levantó a medias los brazos, como para proteger a su hermana.

Mas Gregor nunca pensou em tentar assustar ninguém, especialmente sua irmã

Pero Gregor nunca pensó en intentar asustar a nadie, especialmente a su hermana.

Ele tinha acabado de começar a se virar para voltar para seu quarto

Apenas había empezado a darse la vuelta para regresar a su habitación.

Mas, devido à sua condição de sofrimento, ele teve que usar a cabeça para ajudar nas voltas difíceis

Pero debido a su condición de sufrimiento, tuvo que usar su cabeza para ayudarse con los giros difíciles.

as pernas que ele levantou muitas vezes e bateu no chão

Las piernas que levantó muchas veces y golpeó el suelo.

Ele fez uma pausa e olhou ao redor

Hizo una pausa y miró a su alrededor.

A sua boa intenção parecia ter sido reconhecida

Su buena intención parecía haber sido reconocida.

Foi apenas um choque momentâneo

Fue solo un shock momentáneo

Agora todos o olhavam silenciosa e tristemente

Ahora todos lo miraban en silencio y con tristeza.

A mãe estava deitada na poltrona, com as pernas esticadas e pressionadas, os olhos quase fechados de exaustão

La madre yacía en su sillón, con las piernas estiradas y apretadas, los ojos casi cerrados por el cansancio.

O pai e a irmã sentaram-se um ao lado do outro, a irmã tinha colocado a mão no pescoço do pai

El padre y la hermana estaban sentados uno al lado del otro, la hermana había puesto su mano alrededor del cuello del padre.

"Agora talvez eu possa me virar", pensou Gregor e começou seu trabalho novamente

«Quizás ahora pueda darme la vuelta», pensó Gregor y reanudó su trabajo.

Ele não podia suprimir o suspiro do esforço
No pudo reprimir el jadeo de esfuerzo.
e ele também teve que descansar aqui e ali
y también tuvo que descansar aquí y allá
Além disso, ninguém o insistiu
Además, nadie lo instó.
tudo lhe coube
Todo quedó en sus manos
Quando completou a curva, começou imediatamente a andar para trás
Cuando hubo completado el giro, inmediatamente comenzó a caminar en línea recta hacia atrás.
Ficou espantado com a grande distância que o separava do seu quarto
Se sorprendió de la gran distancia que lo separaba de su habitación.
e não compreendia como, na sua fraqueza, tinha percorrido recentemente o mesmo caminho quase sem se aperceber
y no comprendía cómo, en su debilidad, había recorrido recientemente el mismo camino casi sin darse cuenta.
Sempre decidido a rastejar rapidamente, ele quase não prestou atenção ao fato de que nenhuma palavra, nenhuma exclamação de sua família o perturbava
Siempre decidido a gatear rápidamente, apenas prestaba atención al hecho de que ninguna palabra, ninguna exclamación de su familia lo perturbaba.
Só quando já estava à porta é que virou a cabeça, mas não completamente
Sólo cuando ya estaba en la puerta giró la cabeza, pero no del todo.
porque sentiu o pescoço endurecer
porque sintió que se le ponía rígido el cuello
pelo menos viu que nada tinha mudado atrás dele, apenas a irmã se levantara
Al menos vio que nada había cambiado detrás de él, solo la hermana se había puesto de pie.
Seu último olhar foi para sua mãe, que agora estava

completamente adormecida
Su última mirada fue hacia su madre, que ahora estaba
completamente dormida.
**Assim que ele entrou em seu quarto, a porta foi fechada às
pressas, aparafusada e trancada**
Tan pronto como estuvo dentro de su habitación, la puerta fue
cerrada apresuradamente, con pestillo y llave.
**Gregor ficou tão assustado com o barulho repentino atrás
dele que suas pernas se dobraram**
Gregor se asustó tanto por el ruido repentino detrás de él que
sus piernas se doblaron.
Foi a irmã que correu para a porta
Fue la hermana quien corrió hacia la puerta.
Ela já tinha ficado ali de pé e esperou
Ella ya estaba allí parada y esperando.
Ela então saltou para a frente levemente
Luego saltó hacia adelante ligeramente.
Gregor nem sequer a tinha ouvido chegar
Gregor ni siquiera la había oído venir.
**e "Finalmente!", ela chamou seus pais enquanto virava a
chave na fechadura**
Y "¡Por fin!", gritó a sus padres mientras giraba la llave en la
cerradura.
**»E agora?« Gregor perguntou a si mesmo e olhou ao redor na
escuridão**
«¿Y ahora?», se preguntó Gregor y miró a su alrededor en la
oscuridad.
Logo descobriu que não conseguia mais se mexer
Pronto descubrió que ya no podía moverse en absoluto.
Ele não ficou surpreso
No se sorprendió
**em vez disso, parecia-lhe antinatural que ele tivesse
realmente sido capaz de se mover com essas perninhas finas
até agora**
Más bien, le parecía antinatural que hasta ahora hubiera
podido moverse con esas delgadas patitas.
Caso contrário, sentia-se relativamente confortável

Por lo demás se sentía relativamente cómodo.

Embora ele tivesse dor em todo o corpo, ele sentia como se ela estivesse gradualmente ficando cada vez mais fraca e finalmente desapareceria completamente

Aunque tenía dolor en todo el cuerpo, sentía como si poco a poco se debilitara cada vez más y finalmente desapareciera por completo.

Ele mal sentiu a maçã podre em suas costas e a área inflamada, que estava completamente coberta de poeira macia.

Apenas sentía la manzana podrida en su espalda y la zona inflamada, que estaba completamente cubierta de polvo suave.

Ele pensou em sua família com emoção e amor

Recordó a su familia con emoción y amor.

A sua opinião de que tinha de desaparecer foi talvez ainda mais decisiva do que a da sua irmã

Su opinión de que debía desaparecer fue quizás incluso más decisiva que la de su hermana.

Ele permaneceu neste estado de contemplação vazia e pacífica até que o relógio da torre bateu três da manhã.

Permaneció en este estado de contemplación vacía y pacífica hasta que el reloj de la torre dio las tres de la mañana.

Ele não experimentou o início do clareamento geral fora da janela

No experimentó el comienzo del aclaramiento general fuera de la ventana.

Então sua cabeça afundou completamente sem sua vontade, e seu último suspiro fluiu fracamente de suas narinas

Entonces su cabeza se hundió completamente sin su voluntad, y su último aliento fluyó débilmente de sus fosas nasales.

Quando a empregada chegou de manhã cedo, ela não encontrou nada de anormal durante sua habitual curta visita a Gregor

Cuando la criada llegó temprano por la mañana, no encontró nada inusual durante su habitual y corta visita a Gregor.

Por pura força e pressa, ela bateu todas as portas com tanta força que nenhum sono tranquilo foi possível em todo o

apartamento
Por pura fuerza y prisa, cerró todas las puertas con tanta
fuerza que no fue posible dormir tranquilo en todo el
apartamento.
apesar de ter sido pedido para evitar isso
A pesar de que se me pidió evitar esto
**Ela pensou que ele estava deitado ali tão imóvel de
propósito e estava jogando a festa ofendida**
Ella pensó que él estaba allí acostado tan inmóvil a propósito y
que estaba jugando a ser la parte ofendida.
ela confiava que ele tinha todo tipo de inteligência
Ella confiaba en que él tenía todo tipo de inteligencia.
**Como ela estava segurando a vassoura comprida na mão, ela
tentou fazer cócegas em Gregor com ela da porta**
Como tenía en la mano la escoba larga, intentó hacerle
cosquillas a Gregor con ella desde la puerta.
Quando não houve sucesso, ela ficou irritada
Cuando no hubo éxito, ella se enojó.
e ela empurrou um pouco em Gregor
Y empujó un poco a Gregor.
**e só quando ela o empurrou do seu lugar, sem qualquer
resistência, é que tomou consciência**
Y sólo cuando lo empujó de su lugar sin ninguna resistencia se
dio cuenta.
**Quando logo percebeu os fatos verdadeiros, abriu bem os
olhos**
Cuando pronto se dio cuenta de los verdaderos hechos, abrió
mucho los ojos.
Ela assobiou para si mesma, mas não ficou muito tempo
Ella silbó para sí misma, pero no se quedó mucho tiempo.
mas ela abriu a porta do quarto
pero ella abrió la puerta del dormitorio
e ela chamou com voz alta para a escuridão
Y gritó a gran voz en la oscuridad.
»Olha só, morreu«
«Sólo míralo, murió»
»Lá está, completamente morto!«

»¡Allí yace, completamente muerto!«

O casal Samsa sentou-se na cama conjugal e teve que superar o choque com a empregada

La pareja Samsa se sentó erguida en su cama matrimonial y tuvo que superar la sorpresa ante la criada.

antes de ser possível receber a sua mensagem

Antes de que fuera posible recibir su mensaje

Mas então o Sr. e a Sra. Samsa, cada um do seu lado, saíram apressadamente da cama

Pero entonces el señor y la señora Samsa, cada uno por su lado, se levantaron apresuradamente de la cama.

O Sr. Samsa jogou o cobertor sobre os ombros

El señor Samsa se echó la manta sobre los hombros.

A Sra. Samsa saiu apenas de camisola

La señora Samsa salió sólo en camisón.

então entraram no quarto de Gregor

Así que entraron en la habitación de Gregor.

Entretanto, a porta da sala de estar também se abriu

Mientras tanto, la puerta de la sala de estar también se había abierto.

a sala de estar onde Grete dormia desde que os inquilinos se mudaram

La sala de estar donde Grete dormía desde que se mudaron los inquilinos.

ela estava totalmente vestida como se não tivesse dormido

Estaba completamente vestida como si no hubiera dormido en absoluto.

seu rosto pálido também parecia provar isso

Su pálido rostro también parecía demostrarlo.

»Morta?« disse a Sra. Samsa e olhou interrogativamente para a empregada

«¿Muerta?», dijo la señora Samsa y miró interrogativamente a la criada.

embora ela pudesse verificar tudo sozinha e até mesmo reconhecê-lo sem verificar

Aunque ella misma podía comprobarlo todo e incluso reconocerlo sin comprobarlo.

Acho que sim, disse a empregada, e para provar isso, empurrou o corpo de Gregor um longo caminho para o lado com a vassoura.

-Creo que sí -dijo la criada, y para demostrarlo empujó con la escoba el cuerpo de Gregor bastante lejos hacia un lado.

A Sra. Samsa fez um movimento como se quisesse segurar a vassoura, mas não o fez

La señora Samsa hizo un movimiento como si quisiera retener la escoba, pero no lo hizo.

Bem, disse o Sr. Samsa, "agora podemos agradecer a Deus".

Bueno, dijo el señor Samsa, "ahora podemos dar gracias a Dios".

Cruzou-se e as três mulheres seguiram o seu exemplo

Se persignó y las tres mujeres siguieron su ejemplo.

Grete, que não tirou os olhos do cadáver, disse: "Olha como ele era magro".

Grete, que no apartaba la vista del cadáver, dijo: "Mira qué delgado estaba".

»Há tanto tempo que não come nada«

«Hace mucho tiempo que no come nada»

"Quando a comida entrou, saiu de novo"

"A medida que la comida entraba, volvía a salir"

Na verdade, o corpo de Gregor estava completamente plano e seco

De hecho, el cuerpo de Gregor estaba completamente plano y seco.

Só se notou isso agora, já que ele não estava mais levantado pelas pernas

Uno sólo se dio cuenta de esto ahora, cuando ya no lo levantaban por las piernas.

e porque nada mais distraía a vista

y porque nada más distraía la vista

»Venha conosco por um tempo, Grete,« disse a Sra. Samsa com um sorriso melancólico

-Ven un rato con nosotros, Grete -dijo la señora Samsa con una sonrisa melancólica.

e Grete, não sem olhar para trás para o cadáver, seguiu os

pais para o quarto

y Grete, no sin mirar atrás el cadáver, siguió a sus padres hasta el dormitorio.

A empregada fechou a porta e abriu a janela completamente

La criada cerró la puerta y abrió la ventana por completo.

Apesar do início da manhã, o ar fresco já estava um pouco morno

A pesar de ser temprano por la mañana, el aire fresco ya estaba un poco tibio.

Já era final de março

Ya era finales de marzo

Os três inquilinos saíram do quarto e olharam em volta espantados após o café da manhã

Los tres inquilinos salieron de su habitación y miraron a su alrededor con asombro después del desayuno.

Por causa do que a empregada descobriu, ela tinha sido esquecida

Por lo que la criada encontró, ella había sido olvidada.

»Onde está o café da manhã?« o senhor do meio perguntou a garçonete mal-humorada

«¿Dónde está el desayuno?», preguntó malhumorado el señor del medio a la camarera.

A empregada pôs o dedo na boca e, em seguida, apressada e silenciosamente, acenou para os cavalheiros

La criada se llevó el dedo a la boca y luego, apresurada y silenciosamente, saludó a los caballeros.

dizer-lhes que querem ir ao quarto de Gregor

Para decirles que quieren ir a la habitación de Gregor.

Eles vieram e ficaram ao redor do corpo de Gregor na sala agora muito brilhante

Vinieron y se quedaron alrededor del cuerpo de Gregor en la habitación ahora muy iluminada.

Em seguida, a porta do quarto se abriu

Entonces la puerta del dormitorio se abrió.

e o Sr. Samsa apareceu em sua fígado, sua esposa em um braço, sua filha no outro

Y el señor Samsa apareció con su librea, su esposa en un

brazo, su hija en el otro.

Todo mundo estava um pouco chorando

Todos estaban un poco llorosos.

Grete às vezes pressionava seu rosto contra o braço de seu pai

A veces Grete apretaba su cara contra el brazo de su padre.

»Saia do meu apartamento imediatamente!« disse o Sr. Samsa e apontou para a porta sem deixar as mulheres irem

«¡Salid de mi apartamento inmediatamente!», dijo el señor Samsa y señaló la puerta sin dejar salir a las mujeres.

»O que você quer dizer?« disse o homem do meio, um tanto consternado, e sorriu docemente

-¿Qué quieres decir? -dijo el intermediario, algo consternado, y sonrió dulcemente.

Os outros dois seguraram as mãos atrás das costas e esfregaram-nas continuamente

Los otros dos se pusieron las manos detrás de la espalda y las frotaron continuamente.

como que na alegre antecipação de uma grande disputa, que teve de se revelar favoravelmente para eles

como si estuvieran en alegre anticipación de una gran disputa, que tenía que resultar favorable para ellos

Quero dizer exatamente o que digo, respondeu o Sr. Samsa

Quiero decir exactamente lo que digo, respondió el señor Samsa.

e caminhou em fila com seus dois companheiros em direção aos cavalheiros

y caminó en fila con sus dos compañeros hacia los caballeros.

Este senhor primeiro ficou parado e olhou para o chão

Este caballero primero se quedó quieto y miró al suelo.

como se as coisas em sua cabeça estivessem se organizando em uma nova ordem

Como si las cosas en su cabeza se estuvieran organizando en un nuevo orden.

»Então vamos lá,« ele disse e olhou para o Sr. Samsa

«Entonces vámonos», dijo y miró al señor Samsa.

como se, numa humildade que subitamente o venceu,

exigisse uma nova aprovação até para esta decisão

como si, en una humildad que lo invadió de repente, exigiera una nueva aprobación incluso para esta decisión.

O Sr. Samsa apenas acenou para ele várias vezes com os olhos arregalados

El señor Samsa simplemente asintió con la cabeza varias veces con los ojos muy abiertos.

O cavalheiro, então, imediatamente caminhou a passos largos para a antessala

El caballero se dirigió inmediatamente a grandes zancadas hacia la antesala.

Seus dois amigos ouviam com as mãos muito firmes há algum tempo

Sus dos amigos habían estado escuchando con manos muy firmes durante un rato.

e agora saltavam atrás dele, como que com medo

y ahora saltaban tras él, como si tuvieran miedo.

como se o Sr. Samsa pudesse entrar na antessala diante deles e interromper a conexão com seu líder

Como si el señor Samsa pudiera entrar en la antesala antes que ellos e interrumpir la conexión con su líder.

Na antessala, os três tiraram os chapéus do cabide

En la antesala, los tres cogieron sus sombreros del perchero.

Eles puxaram seus paus para fora do recipiente de vara

Sacaron sus palos del contenedor de palos

e eles se curvaram em silêncio e deixaram o apartamento

Y se inclinaron en silencio y salieron del apartamento.

No que acabou por ser uma desconfiança completamente infundada, Samsa saiu para o pátio com as duas mulheres

En lo que resultó ser una desconfianza completamente infundada, el Sr. Samsa salió a la explanada con las dos mujeres.

Apoiando-se no corrimão, observaram os três cavalheiros descerem lenta mas constantemente a longa escadaria

Apoyados en la barandilla, observaron cómo los tres caballeros descendían lenta pero constantemente la larga escalera.

em cada andar, numa certa curva da escada, desapareceram

En cada piso, en una determinada curva de la escalera, desaparecieron.

e depois de alguns instantes eles apareceram novamente

y después de unos momentos aparecieron de nuevo

quanto mais eles iam, mais a família Samsa perdia o interesse por eles

Cuanto más avanzaban, más perdía interés la familia Samsa en ellos.

e todos voltaram para a casa, como que aliviados

y todos regresaron a casa, como si estuvieran aliviados.

Decidiram usar o dia de hoje para descansar e caminhar

Decidieron aprovechar el día para descansar y caminar.

Eles não só mereciam esta pausa no trabalho, como precisavam absolutamente dela

No sólo merecían este descanso del trabajo, sino que lo necesitaban absolutamente.

E assim se sentaram à mesa e escreveram três cartas de desculpas

Y entonces se sentaron a la mesa y escribieron tres cartas de disculpa.

O Sr. Samsa escreveu a sua carta à sua gerência

El señor Samsa escribió su carta a su dirección.

A Sra. Samsa escreveu a sua carta aos seus clientes

La señora Samsa escribió su carta a sus clientes.

e Grete escreveu sua carta ao diretor

y Grete escribió su carta a su director

Enquanto todos escreviam, a empregada entrou para dizer que estava indo embora

Mientras todos escribían, entró la criada para decir que se iba.

porque o seu trabalho matinal estava terminado

porque su trabajo matutino había terminado

Os três escritores apenas acenaram com a cabeça no início, sem olhar para cima

Los tres escritores simplemente asintieron al principio sin levantar la vista.

Só quando a garçonete ainda não queria ir embora, eles

olharam com raiva para ela

Sólo cuando la camarera todavía no quería irse, la miraron con enojo.

»Bem?« perguntou o Sr. Samsa

- ¿Y bien? - preguntó el señor Samsa.

A garçonete ficou sorrindo na porta

La camarera estaba parada sonriendo en la puerta.

como se tivesse a grande sorte de se apresentar à família

Como si tuviera una gran fortuna que contar a la familia.

mas só o faria se fosse interrogada minuciosamente

Pero ella sólo lo haría si la interrogaran a fondo.

A pequena pena de avestruz quase ereta em seu chapéu balançava ligeiramente em todas as direções

La pequeña pluma de avestruz casi erguida de su sombrero se balanceaba ligeramente en todas direcciones.

O Sr. Samsa ficou irritado com a pena de avestruz durante todo o seu serviço

Al señor Samsa le molestó la pluma de avestruz durante todo su servicio.

»Então, o que você realmente quer?« perguntou a Sra. Samsa

«¿Qué es lo que realmente quieres?», preguntó la señora Samsa.

a garçonete ainda tinha o maior respeito pela Sra. Samsa

La camarera todavía tenía el mayor respeto por la señora Samsa.

Sim, respondeu a empregada, incapaz de continuar a falar por causa de sua risada amigável

Sí, respondió la criada, incapaz de seguir hablando debido a su risa amistosa.

»Então você não tem que se preocupar sobre como se livrar das coisas ao lado«

»Así no tendrás que preocuparte por cómo deshacerte de las cosas de al lado«

Vou resolver, está tudo bem, acrescentou.

Lo solucionaré, está bien, añadió.

A Sra. Samsa e Grete inclinaram-se para as suas cartas como se quisessem continuar a escrever

La señora Samsa y Grete se inclinaron sobre sus cartas como si quisieran seguir escribiendo.

O Sr. Samsa notou que a garçonete agora queria começar a descrever tudo em detalhes

El señor Samsa se dio cuenta de que la camarera ahora quería comenzar a describir todo en detalle.

mas rejeitou-o resolutamente com a mão estendida

Pero él lo rechazó resueltamente con la mano extendida.

Mas como não lhe era permitido contar, lembrou-se da grande pressa que tinha

Pero como no le permitían contarlo, recordó la gran prisa que tenía.

Ela gritou, obviamente insultada: »Adiou todos,« e virou-se descontroladamente

Ella gritó, visiblemente insultada: «Adiós a todos», y se dio la vuelta violentamente.

e ela saiu do apartamento com um terrível bater da porta

y salió del apartamento dando un portazo terrible

»Ela será libertada à noite,« disse Samsa

«Será liberada por la tarde», dijo el señor Samsa.

mas não recebeu resposta nem da mulher nem da filha

Pero no recibió respuesta ni de su esposa ni de su hija.

porque a empregada parecia tê-la perturbado mal recuperou a paz novamente

porque la criada parecía haberla molestado apenas recuperó la paz nuevamente

Levantaram-se, foram para a janela e ficaram lá, segurando-se um ao outro

Se levantaron, fueron a la ventana y se quedaron allí, abrazados.

O Sr. Samsa virou-se em sua cadeira e os observou em silêncio por um tempo

El señor Samsa se dio la vuelta en su silla y los observó en silencio durante un rato.

Então ele gritou: "Então venha aqui.«

Entonces gritó: «¡Venid aquí!»

»Vamos deixar as coisas antigas para trás«

»Dejemos atrás las cosas viejas«

»por favor, seja um pouco atencioso comigo«

»Por favor, ten un poco de consideración conmigo«

As mulheres seguiram-no imediatamente, correram até ele, acariciaram-no e rapidamente terminaram as suas cartas

Las mujeres lo siguieron inmediatamente, corrieron hacia él, lo acariciaron y rápidamente terminaron sus cartas.

Em seguida, os três deixaram o apartamento juntos

Luego los tres salieron juntos del apartamento.

há meses que não o faziam

No habían hecho esto durante meses

e levaram o bonde elétrico para os arredores da cidade

y tomaron el tranvía eléctrico hasta las afueras de la ciudad.

O carro em que eles se sentaram sozinhos estava completamente banhado pelo sol quente

El coche en el que estaban sentados solos estaba completamente bañado por el cálido sol.

Eles discutiram, confortavelmente inclinados para trás em seus assentos, as perspetivas para o futuro

Discutieron, cómodamente reclinados en sus asientos, las perspectivas para el futuro.

e verificou-se que estas perspetivas para o futuro não eram, numa análise mais atenta, nada más

Y se descubrió que estas perspectivas para el futuro, al examinarlas más de cerca, no eran del todo malas.

porque os três empregos eram, algo sobre o qual ainda não tinham perguntado uns aos outros, extremamente favoráveis

Porque los tres trabajos eran, algo que aún no se habían preguntado, extremadamente favorables.

e os trabalhos eram promissores, especialmente para mais tarde

Y los trabajos eran prometedores, especialmente para más adelante.

A maior melhoria imediata da situação teria, naturalmente, de advir de uma mudança de residência

La mayor mejora inmediata de la situación tendría que venir, por supuesto, de un cambio de residencia.

Eles agora queriam levar um apartamento menor e mais barato, mas melhor localizado e geralmente mais prático
Ahora querían alquilar un apartamento más pequeño y más barato, pero mejor ubicado y en general más práctico.
melhor que o apartamento atual, escolhido por Gregor
Mejor que el apartamento actual, elegido por Gregor
Enquanto conversavam, o Sr. e a Sra. Samsa, vendo a filha cada vez mais animada, pensaram em algo
Mientras conversaban, el señor y la señora Samsa, al ver que su hija se animaba cada vez más, pensaron en algo:
Quase ao mesmo tempo, notaram como ela havia desabrochado em uma menina bonita e voluptuosa, apesar de todos os cuidados que haviam feito suas bochechas pálidas
Casi al mismo tiempo se dieron cuenta de cómo se había convertido en una muchacha hermosa y voluptuosa a pesar de todos los cuidados que habían hecho palidecer sus mejillas.
Ficando mais quietos e comunicando quase inconscientemente através de olhares, eles pensaram que agora seria hora de procurar um homem bom para ela.
Cada vez más tranquilos y comunicándose casi inconscientemente a través de miradas, pensaron que ya sería el momento de buscar un buen hombre para ella.
E foi como uma confirmação dos seus novos sonhos e boas intenções quando, no destino da viagem, a filha foi a primeira a levantar-se e a esticar o seu corpo jovem
Y fue como una confirmación de sus nuevos sueños y buenas intenciones cuando, en el destino de su viaje, su hija fue la primera en levantarse y estirar su cuerpo juvenil.

9 781805 721741